新潮文庫

剣客商売一 剣 客 商 売

池波正太郎著

目次

女武芸者……七
剣の誓約……六四
芸者変転……六四
井関道場・四天王……一一〇
雨の鈴鹿川……一五三
まゆ墨の金ちゃん……二〇六
御老中毒殺……二五二

解説 常盤新平……三〇三

剣客商売一 剣客商売

女武芸者

一

 冷たい風に、竹藪（たけやぶ）がそよいでいる。
 西にひろがる田圃（たんぼ）の彼方（かなた）の空の、重くたれこめた雲の裂目（さけめ）から、夕焼けが滲（にじ）んで見えた。
 石井戸のあたりに先刻から、鶸鶺（みそさざい）がしきりに飛びまわってい、澄みとおった声でさえずっているのを、この家の若い主（あるじ）は身じろぎもせずに眼で追っていた。
 まるで巌（いわお）のようにたくましい体軀（たいく）のもちぬしなのだが、夕闇に浮かんだ顔は二十四歳の年齢より若く見え、浅ぐろくて鞣革（なめしがわ）を張りつめたような皮膚の照りであった。
 若者の、濃い眉（まゆ）の下の両眼の光が凝っている。小さくて敏捷（びんしょう）なみそさざいが数羽、飛び交っているうごきを飽きもせずに見入っているのだ。
 台所から根深汁（ねぶかじる）（ねぎの味噌汁（みそしる））のにおいがただよってきている。

このところ朝も夕も、根深汁に大根の漬物だけで食事をしながら、彼は暮していた。若者の名を、秋山大治郎という。

荒川が大川（隅田川）に変って、その流れを転じようとする浅草の外れの、真崎稲荷明神社に近い木立の中へ、秋山大治郎が無外流の剣術道場をかまえてから、そろそろ半年になろうか。

「これからはな、お前ひとりで、何も彼もやってみることだ。おれは、もう知らぬよ」

こういって父の秋山小兵衛が、ここへ十五坪の道場を建ててくれた。道具類はほとんどない。食事の仕度は、近所の百姓の女房がしてくれる。

台所から出て来た、その女房が井戸端に立ちつくしている大治郎の前へ来て、手まねで夕飯の仕度が出来たことを告げるや、振り向きもせずに帰って行った。

女房が、唖なのである。

大治郎が、ようやく家へ入った。

根深汁で飯を食べはじめた彼の両眼は童児のごとく無邪気なものであって、ふとやかな鼻はたのしげに汁のにおいを嗅ぎ、厚い唇はたきあがったばかりの麦飯をうけいれることに専念しきっているかのようだ。

食事を終えたとき、すでに夜の闇がたれこめていた。いまのところ、ただの一人も門人がいなくて、出入りする者も唖の女房だけというこの家へ来客があったのは、そのときであった。

客は中年の、立派な風采の侍で、

「大垣四郎兵衛と申す」

と、名乗った。

秋山大治郎にとって、見たことも聞いたこともない侍なのである。

六畳の部屋へ招じ、大治郎は白湯を汲んで出した。この家には茶の用意もない。

大垣は、殺風景な部屋のありさまや、清潔ではあるが、いかにも質素な大治郎の服装などをじろじろと見まわしていたが、急に、こぼれるような笑顔となり、

「この夏、田沼様御屋敷内にて、そこもとの御手なみ、しかと拝見いたした」

と、いった。

大治郎は、うなずいた。おぼえのないことではない。

〔田沼様〕というのは、幕府の最高権力者である老中の一人・田沼主殿頭意次のことで、現十代将軍・徳川家治から深い寵愛をうけている田沼老中の威勢は、

「飛ぶ鳥も落す勢い」

などと、世に評判されている。

田沼意次は、今年の春に将軍から七千石の加増をうけ、遠江(静岡県)相良三万七千石の大名と成り上ったが、もとは三百石の幕臣にすぎなかったそうな。異常の立身出世というべきである。
　今年の夏。
　浜町の田沼家・中屋敷(別邸)でおこなわれた剣術の試合には、江戸市中に立派な道場をかまえる剣客たちや、諸藩自慢の剣士たちが三十余名もあつまり、技を競った。
　この中に、年齢も若く無名の一剣客にすぎなかった秋山大治郎が参加し得たのは、異例のことである。
　大治郎は当日、七人を勝ちぬき、八人目に相手となった信州松代十万石・真田侯の家来で森蔵人という剣士に敗れた。
　しかし、名も顔もまったく知られていなかった秋山大治郎の試合ぶりのみごとは当日の話題となったもので、いわば大治郎、将軍おひざもとの江戸の剣術界へのデビューを飾るに足る成績をのこしたわけだ。
　この〔晴れの試合〕に出場できたことは、
(父のおかげだ)
と、大治郎はおもっている。
　ところで……。

この夜。大垣四郎兵衛は、田沼邸での大治郎の試合を見ていたものらしい。

「いや、まことにもっておみごとな……」
と語ることばに、いささかの嘘もない。
「それで、私に何の御用なのでしょうか?」
大治郎が問うた。ものやわらかな声である。
「されば……」
ひざをすすめて大垣が、
「おたのみいたしたきことがござる」
「はい?」
「世のため、人のためになることでござる」
「ははあ……?」
「御手なみをおしめし下されたい」
「試合をせよ、と?」
「ま、そのような……」
「そのような、とは?」
「人ひとり、その両腕を叩き折っていただきたい。切り落すのではない。両腕の骨を

折っていただきたい」

「……？」

「まことに失礼ながら、これを……」

いいさして大垣が、ふところから袱紗包みを出し、

「金五十両ござる」

五十両は、当時の庶民が、らくらくと五年を暮すことのできる大金であった。

「おねがい申す」

と、大垣が両手をつき、

「貴所を見こんでのことでござる。世のため人のためでござる」

「どこのだれの腕を、いかな事情にて叩き折れと、申されますか？」

「名は……名は申せませぬ。御承知下さるならば、われらが手引きいたす」

大垣の鼻のあたまに小豆ほどの黒子があって、これを左の小指でしきりに撫でながら大垣四郎兵衛は、

「まげて、御承知ありたい。首尾よく仕終せたるのちは、のちのち貴所のためにもなりましょう」

と、いった。

それでいて、事情と相手の名と居所を、大垣は絶対に語らぬ。

秋山大治郎は、執拗にねばりぬく大垣を、ついに、
「おことわりいたす」
と追い返してしまった。

二

翌日の昼前に……。
大治郎は、父・小兵衛の住居へ出向いた。
すぐ近くの橋場町から、大川をわたって寺島へ着く舟が出ている。
の舟守が二艘の舟をあやつっていた。
六十八間余の大川をわたって対岸の寺島村へ着くと、田圃道の向うに堤が横たわり、ものの本に、
「官府の命ありて、堤の左右へ桃・桜・柳の三樹を植えさせられければ、弥生の末まで、紅紫翠白枝をまじえ、さながら錦繡をさらすがごとく、幽艶賞するに堪えたり」
とあるような景観が展開し、あたりには木母寺・梅若塚・白鬚明神などの名所旧跡が点在して、四季それぞれの風趣はすばらしく、秋山小兵衛がこのあたりへ住みつい

てから、もう六年になる。
 小兵衛の家は、堤の道を北へたどり、大川・荒川・綾瀬の三川が合する鐘ヶ淵をのぞむ田地の中の松林を背に在った。
 わら屋根の百姓家を買い取って改造したもので、三間ほどの小さな家である。
 秋山大治郎は堤の道を左へ切れ、松の木立をぬけ、裏手からまわって父の居間の縁先へあらわれた。
 父の小兵衛は、寝そべっていた。
 ならんで立つと、大治郎の胸のあたりへ、小兵衛の白髪あたまがようやくにとどく。
 大治郎の体格が特別にすぐれているからではない。
 現に……。
 寝そべっている小兵衛のあたまをひざに乗せ、耳の垢をとってやっている若い女は、この近くの関屋村の百姓・岩五郎の次女でおはるというのだが、別に大女でもない。
 だが、おはるのひざに寝そべっている小兵衛を見ると、まるで母親が子供をあやしているかのようであった。
〔小兵衛〕とは、よくも名づけたものである。
「若先生が、見えたよ」
と、おはるは、まことにもってぞんざいな口調で、小兵衛へいいかける。

うっとりと眼をとじたままで、耳掃除をさせながら小兵衛が、間もなく六十になろうという老人とはおもえぬ甘い声で、
「そうかえ」
と、こたえる。
「父上。おはようございます」
きちんと袴をつけた大治郎が折目正しくあいさつするのへ、小兵衛は、
「おすわり」
「はい」
「あれ、しませんよ。そんなにおい……」
「根深汁の、においがするな」
「いや、せがれの体からにおってくるのさ」
いいつつ、小兵衛が左手をのばし、おはるのふっくらとした胸もとをさわった。
おはるが嬌声を発した。
大治郎が、眼をそらした。
「大や。何か用かえ？」
「実は……」

大治郎は昨夜の、ふしぎな来客のことを父へ語った。

長らく父のもとからはなれていて、今年の二月末に江戸へもどって来た若い自分が、老中・田沼意次の屋敷でおこなわれた試合に出場し、その力量を田沼老中をはじめ、幕府高官の前にしめすことができたのは、諸方に顔のひろい父の、ひそかな周旋があったろうことを大治郎はわきまえていた。

それだけに、田沼邸での自分の試合ぶりを見て、怪しげな依頼をしにあらわれた中年武士のことを、

（いちおう、父上の耳へ入れておかねばならぬ）

と、おもったのである。

「ふん、ふん……」

と、きき終えてから小兵衛が、

「大垣四郎兵衛といったか……」

「御存知で？」

「知らぬよ」

「橋場の、不二楼の提灯を手にしておりましたが……」

「ほ。よく眼がとどいたな」

「見るともなしに……」

「どこからか大川を舟で来て不二楼へ着け、そこで提灯を借り、近くのお前の家をたずねたのだろう」
「と、おもいます」
「人の両腕を叩き折れ、とな……」
「はい」
「まあ、いやだ」
と、おはるが立ちあがり、台所へ去った。
おはるのひざから畳へ落ちたあたまをそのままに、小兵衛は依然、両眼を閉じたままであった。
「五十両で引きうけてやる気もちにはならなかったかえ。斬るのではない、折るのだ。さしたることもあるまい。弟子が一人も来ぬというのでは暮しもたちゆかなくなるぞ。徳川将軍の御威光とやらで、もう百何十年も天下泰平の世の中がつづいているのだ。戦のない百何十年。けっこうなことよ。なればよ、大治郎。さむらいの剣術も世わたりの道具さ。そのつもりでいぬと、さむらいの腰の刀も……餓死をする」
そしてな、つぶやくがごとくいう父の血色のよい老顔を、息子は澄みきった双眸で見淡々と、
あたたかい初冬の陽ざしが、庭のながれの水にきらめいていた。
入っている。

このながれは鐘ケ淵の水を引きこんだもので、小舟が一つ浮いていた。小兵衛の持ち舟なのである。

おはるが茶菓をはこんで来て、大治郎にすすめた。

上等の茶であり、菓子は両国米沢町・京桝屋の銘菓〔嵯峨落雁〕であった。

大治郎は、茶をのみ、ゆっくりと菓子を味わいはじめた。こだわりのない、まことに自然な所作であって、いまの彼の貧しい生活がすこしもただよっていない。

ちらりと小兵衛の眼が開き、やさしげに閉じられた瞼の底から針のような光がのぞいた。そして、すぐにまた両眼が閉じられた。

「御馳走になりました。では、帰ります」

「うん」

うなずいた秋山小兵衛が、寄りそっているおはるのむっちりと脹った腿のあたりを小指でやわらかく突いて、

「大を、舟で送っておやり」

「あい」

「いただきます」

おはるは庭へ下り、ながれにもやってある小舟へ乗って竿を取り「若先生」と呼ぶ。

礼儀正しく父にあいさつをしてから、大治郎も舟へ乗った。

舟が、小兵衛の眼前をすべり出て行く。

若いときから剣術ひとすじに生きて来たという秋山小兵衛の老後は、まことに風雅なものといってよい。

おはるは、鐘ケ淵の渦の中へ出てもたくみに竿をあやつり、難なく大川へ入った。

「おはるは、いくつだったか？」

「十九」

「父上のもとへ来て二年になるとか……」

「あい」

「ふうむ……」

「下女のおはる、な……」

つい一月ほど前に、めずらしく父が道場へあらわれ、

「あれに手をつけてしまった。いわぬでもよいことだが、お前に内密もいかぬ。ふくんでおいておくれ」

「はあ？」

「は……」

といったが、開いた口がふさがらなかった。

この四年間、大治郎は父のもとをはなれ、遠国をまわって修行を積んでいたものだ

から、
「実は、な。このごろのおれは剣術より女のほうが好きになって……」
こういわれても、なっとくがゆきかねるのである。四十も年下の、孫のようなむすめに手をつけた父なのだ。
「あるとき、豁然として女体を好むようになって、な。お前が旅へ出たのち、四谷の道場をたたんで剣術をやめたことは、やはりよかった」
こういわれても、二十四歳の今日まで、ただの一度も女体に接したことがない大治郎には理解がゆきかねた。六年前までの父は、なるほど交際上手でもあり、諸大名や大身旗本の屋敷へも出入りしていて暮しに困るような人物ではなかったけれども、いますこし端正な日常をすごしていて、読書もしていたし、そのころは四谷・仲町にあった自分の道場で門人たちへ熱心に稽古をつけてもいたのだ。
（父上も、まるで人が変られた……）
すぐ前にゆれうごいているおはるの円い臀部から、大治郎は視線を外した。
おはるが、たのしげに笑った。

三

この日の夕暮れに、秋山小兵衛はおはるに舟を出させ、大川を橋場へわたった。息子の道場へおもむいたのではない。

橋場の料亭〔不二楼〕へ出向いたのだ。

着ながしではあるが立派な羽織をつけ、堀川国弘一尺四寸八分の脇差一つを気軽に帯び、おはるがきれいになでつけた白髪あたまもさわやかに小兵衛が、不二楼の舟着場へ身を移し、

「おはる。先に風呂へ入って待っていておくれ」

よだれが落ちそうにいう。

にっこりとうなずき、おはるだが川面の闇へ舟と共に消えて行った。

小兵衛は、不二楼の奥まった小座敷へ通り、酒を命じ、座敷女中のおもとをよんだ。

顔なじみのおもとが、にんまりとして、

「先生。このごろは、大変だそうでございますねえ」

「何が、よ？」

「朝な夕なに、木母寺のあたりを、お孫さんのようなむすめさんの手をひいて歩いていなさるそうではございませんか」

「うん」

「大丈夫でございますか？」

「いまに強くなろうよ。あのむすめ、おぼえが早くてなあ」
「あれ、いやな……」
「冗談はさておき……」
いいさして小兵衛が二分金をつまみ出し、おもとのえりもとへさしこみ、
「ききたいことがある」
「え……?」
「昨夜な。四十がらみのでっぷりとした、鼻のあたまに小豆ほどの黒子をつけたさむらいが来たろう?」
「あれ、よく御存知で……」
「どこのお人だえ?」
「存じません。はじめてのお方でございます。なんでも、浅草御門外の船宿・近江屋さんから舟で見えたお客で、ちょっとお酒をめしあがってから小半刻(三十分)ほど外へ出て、またおもどりになって……」
「借りた提灯を返してか……」
「まあ」
「それから?」
「それから、待っていた近江屋さんの舟でお帰りになりました」

「ふうん……」
「なにか、あの?」
「別に……さ、酌をしてくれ。ときにおもと。お前の、そのあぶらの乗った肌身を好き自由にするやつは、どこのだれだえ?」
「いやな、先生」

翌日になって……。

秋山小兵衛は、おはるに船頭をさせて舟を橋場の船宿〔梅屋〕へ着けさせ、梅屋の舟に乗り替え、大川を浅草橋へ下って行った。

浅草御門外の船宿〔近江屋〕へ舟を着けさせた小兵衛は座敷へ通って酒を命じ、しばらくしてから、
「舟をたのむ」
と、いい出した。

近江屋の舟に乗り、小兵衛は大川をもどって行くのである。

船頭は中年の、世の中の裏も表も知りつくしたような渋い面がまえであった。

それと見て、小兵衛が二分金を出し、
「取っておきなさい」
「これは、どうも……」

「一昨日の夜に、四十がらみの、鼻のあたまにほくろのある……」
「ああ、大山さまで」
「大山……そうだったかな？」
「そうでございますとも」
「いつであったか、酒席で引き合わされたことがあるが、忘れてしもうた」
「永井和泉守さまの御用人でございますよ」
「あ……」
ぽんと手を打って、小兵衛が心得顔に、
「さよう、さよう」
すかさずに受けた。
　永井和泉守尚恒は、五千石の大身旗本で、幕府の御留守居・年寄をつとめている。
　顔のひろい秋山小兵衛だが、永井和泉守には面識がなかった。
　夕暮れ前に、小兵衛は我が家へもどった。
　おはるが出迎えて、
「あれから、若先生のところへ寄ってきた」
「そうか。せがれめ、何をしていたえ？」

「あの、板の間の……」
「道場か？」
「あい。そこで、ひとりきりで立って、刀をぬいて……」
「ふむ、ふむ」
「凝と眼を据えなすって……ああ、気味がわるい」
「刀をかまえて、立っていた……」
「あい。いつまでもいつまでも……」
「ふうん……」
「毎日、あんなことをしているのかね、若先生」
「そうらしいな」
「なにが、おもしろいのかね？」
「男というものはな、若いうちは、あんなことでも、おもしろいのさ」
「ふうん」
「おれは、お前と、こうするのが、いちばんおもしろい」
「あれ、くすぐったい」
「ちょと早いが、奥へ床をとりなさい」

四

翌朝。おはるが関屋村に住む父親・岩五郎のもとへ行き、小兵衛からの手紙と駄賃をわたした。

岩五郎はすぐに出かけた。

八人もの子をもうけている百姓・岩五郎夫婦は、次女のおはるに小兵衛の手がついたとき、あきれもし怒りもしたが、小兵衛から相応の金が出たし事ごとに面倒を見てくれるものだから、いまは大よろこびなのである。

「それにしてもよ、あんな小っぽけな爺さんの剣術つかいが、よくまあ、あれだけの暮しをしているもんだ。ふしぎでなんねえ」

と、まだ五十にならぬ岩五郎が女房のおさきに、よくいうのだ。

岩五郎は、秋山小兵衛の手紙を四谷・伝馬町の御用聞き・弥七へとどけた。

御用聞きは町奉行所の手先となってはたらくものだが、どこまでも下部組織として刑事活動をする。

まだ四十前の四谷の弥七であるが人柄のよくねれた男で、女房が〔武蔵屋〕という料理屋を経営しており、そのため土地のものは〔武蔵屋の親分〕などとよび、人望も

厚い。お上(かみ)の風を吹かせ、陰へまわっては悪辣(あくらつ)なまねをする御用聞きが多い中で、弥七のような男はめずらしいといえよう。

弥七は、夜になってから、

「泊りがけでまいりました」

と、手みやげの魚や野菜を持って小兵衛の家へやって来た。

「遠いところをすまなかったな」

「何やら、お手紙が気がかりだったもので。いったい、何があったのでございます？」

弥七は、小兵衛が四谷へ道場をかまえていたころ、熱心に剣術の稽古(けいこ)をしに通いつめたことがあり、そのときから交際(つきあい)が絶えていない。

「今年も押しつまって来たな。老年の所為(とし)か年々に冬が辛(つら)くなる。ま、納豆汁(なっとうじる)でいっぱいやりながら、はなしをきいておくれ」

この夜おはるは、実家へ泊りに行っている。

秋山小兵衛は、これまでのいきさつを残らず打ちあけて、

「他人事(ひとごと)だと放っておいてもよいのだが、なにぶん、せがれのところへわざわざのみに来たというのも気がかりでな」

「ごもっともなことで」

「せがれも、われから好んで剣客となったについては、おれとおなじことなのだが……なにぶんにも時勢がちがう。いまは、まことに油断のならぬ世の中だし、ちょと気がかりなのだ。おれなどは早くから江戸へ出て、いろいろな目に会って来てもいるし、何が起ろうと平気だが、せがれは図体が大きくとも世の裏表を知らぬ。ま、せっかく剣を把って世に出ようというのなら、と、おれも陰へまわっていささかはたらいてやってもいるけれど、それだけに変な事件に巻きこまれては困る」
「さようで」
「これでおれも、ずいぶんと甘いところがある、などと笑ってはいけない」
「笑ってはおりません」
「たのむ、弥七」
「その、若先生をたずねて来た大垣なにがしというのは、間ちがいなく、永井和泉守さまの御用人なのでございますね」
「おそらく、な」
「永井さま御屋敷は、たしか、浅草・元鳥越だとおもいますが……」
「うん」
「よろしゅうございます。さぐりを入れてみましょう」
「すまぬな」

「先生。ちょいとごめんを……」

と、四谷の弥七が板の間の炉端からすらりと立ちあがった。

弥七は、小兵衛の左側を通って板戸を開け、厠へ通ずる縁側へ出ようとした。小用に立ったのである。

その瞬間であった。

炉の灰にさしこんであった鉄火箸をつかんだ秋山小兵衛が振り向きざま、ものもいわずにこれを弥七の背中へ投げつけたものである。

間隔は二間となかった。

振り返りもせずに腰を屈めた弥七の頭上を、鉄火箸が風を切って疾りぬけ、縁側の雨戸へ突き立った。

小兵衛が、にやりとした。

やがて……。

厠からもどった弥七の手に、雨戸に突き立った鉄火箸があった。

弥七は、さり気もなく鉄火箸を炉の中へもどした。

小兵衛が、弥七の盃に酒をみたしてやり、

「このごろは、どこぞで稽古でもしているのかえ？」

「いいえ」

「ふうん」

「ただ……」
「ただ?」
「先生のおことばどおり、毎日、起きてから寝るまで、何事につけ、手前の勘を磨いでおります」
「女房を抱くときもかえ?」
「女を抱くときのの、差す手、引く手も剣術の稽古だとおっしゃいましたのは、どなたさまでございましたかね」
「ふ、ふふ……」

その夜から五日目の昼すぎに、四谷の弥七が小兵衛のもとへ、また、あらわれた。
「永井和泉守さまの下屋敷が深川にございます。そこの中間部屋は、なかなか博奕のさかんなところで……」
「このごろは、みんな、そうだよ」
「そこへ、さぐりをかけました。別だんに、これということもございませんが先生、これから申しあげますことは、先生の胸ひとつにおさめておいていただきたいので」
「いいとも」
「実は……永井さま後つぎの若さまに、右京さまというのがおいでなので」
「ふむ、ふむ」

「中間どものはなしでは、その右京さまとやらに、縁談がもちあがっているそうでございます。その相手は……」
「なぜ、だまる？ その相手は……」
「申します。相手は、御老中・田沼さまの隠し子だそうで」
「なんだと……？」

　　　　五

　田沼意次が、医師・千賀道有の養女を側妾にしていることは、秋山小兵衛の耳へも入っていた。
　この女は将軍・家治の側室・お知保の方とごく親しい知合いで、だから田沼老中は、わが側妾を通じてお知保の方や江戸城大奥の実権者である老女・松島などへよしみを通じ、ことあるごとに大奥の奥女中たちへ贈物をとどけたりするので、その人気は、
「非常なもの」
　だそうな。
「大奥」は、将軍夫人や側室たちを中心にした将軍以外の男子禁制の御殿であって、何百人もの奥女中がここに暮す特別区域である。それだけに江戸城内のみならず、幕

府政治へも隠然たる勢力と影響をもつ。

前将軍・家重の小姓から側用人となり、大名に列し、さらに幕府最高の権力者たる老中の一人にまで成りあがっただけに、田沼意次が江戸城大奥での人気に神経をくばることは大変なもので、それもこれも、将軍の愛寵の消えることを恐れて、である……と、世人のうわさが高い。

外側から見ていると幕府の政治は、田沼意次を中心にしてうごいているように見える。田沼老中の威勢へ取り入り、種々の利益と立身をねがう大名や旗本から田沼へとどけられる賄賂・贈物は、

「おびただしいものだ」

そうである。

「いまに、小判で田沼の屋敷がはち切れてしまうだろう」

などと、くやしげにいうものもいる。

天下を治める最高実権者がこれなのだから、世の中は賄賂の大流行となり、いわゆる正義の士は、

「まことに、なげかわしい。世も末じゃ」

慨嘆してやまぬ、という。

そうした田沼意次が武術を好む、というのも妙なはなしであるが、これは事実であ

って、年に一度ほどは浜町の中屋敷で非公式に試合をもよおし、江戸の剣客たちの動向を知ることにつとめもし、田沼の推薦によって大名家へ召し抱えられた剣客も少なくない。

田沼意次は、のちに遺書の中で、

「武芸はおこたらずに心がけ、ことに若者たちは別して出精すべきである。その余力をもって遊びごとをするのなら、別にさしとめるにおよばぬ」

と、書きのこしている。

いずれにせよ、江戸にいる無数の剣客たちにとり、田沼老中は庇護者の一人だといってさしつかえなかろう。

今年の試合の折、田沼意次は新人・秋山大治郎の出現に目をとめ、

「何者じゃ?」

と侍臣に問い、それが秋山小兵衛の一人息子だときくや、

「さすがにのう」

何度も感嘆のうなずきを見せたとか……。

小兵衛は、まだ一度も田沼へ目通りをしたことがない。これまでに派手やかな存在でなかった秋山小兵衛の名と、隠れたる力量を田沼が知っていたというのは、江戸の剣術界の事情に、田沼が相当な関心をもっていることをしめしているといってよい。

小兵衛はこのことを、かねて出入りをゆるされている木下肥後守（ひごのかみ）邸において、肥後守自身の口からきいた。

木下肥後守は備中・足守（あしもり）二万五千石の大名であるが、この殿さま、秋山小兵衛の座談を好み、年に何度か小兵衛をまねいて世情のうわさやら、諸国のありさまを聞くのがたのしみなのだ。

日本全国をつぶさに歩いて来ている小兵衛の話題は、まことに豊富であり、その座談を好む大名や旗本は木下肥後守のほかにも多い。

これらの人びとはいずれも、秋山小兵衛老人の庇護者（パトロン）だといってよいのである。

（田沼老中の妾腹（しょうふく）のむすめが、大身旗本・永井尚恒の息（そく）に嫁入りをする）

それはよいのだが、

（その永井家の用人が変名で、ひそかに大治郎をたずね、金五十両で人ひとり、腕の骨を折ってくれとたのみに来た……）

それが、気にかかる。

少年のころに手もとからはなし、わざと別のところで剣の修行をさせた大治郎であるが、

（当人の好むところゆえ、何とか一人前（ひとり）の剣客として世に出してやりたい）

と考えている小兵衛であった。

なにぶん、戦国乱世のころとはちがう。

いかにすぐれた力量をもっていても、ことに江戸のような大都市で世に出ようとするためには、それこそ、

（世わたりの術）

が、必要なのである。

大金をもらったからといって、事情もきかず相手の名も知らずに暴力をふるって両腕の骨を折る、などということに耳をも貸さなかった大治郎は、むろん正しい。

「やってみればよいのに……」

といった小兵衛のことばは冗談である。

いかに可愛いわが子でも、いまから、そのような無頼剣士になってもらいたくはない。

三日ほどして……。

四谷の弥七が、つぎの報告をもって来た。

弥七は、永井下屋敷の渡り中間で竹蔵というのを金で釣り、酒をのませたりして、いろいろと聞きこみをしたそうである。

それによると……。

田沼意次・妾腹のむすめは、永井家へ嫁ぐについて、ただ一つ、条件を出したという。

むすめの名は、三冬といって十九歳。小兵衛寵愛のおはると同年だそうだが、この三冬、自分を妻に迎えるべき人が自分より、

「強いお人でなくては、いや」

こういったそうだ。

つまり、永井の息・右京と剣をまじえ、もしも自分が負けたときは、いさぎよく、永井家へ嫁入りをするといい出した。これが条件なのだ。

「ふうん……」

これには、秋山小兵衛も二の句がつげなかった。

「いまどき、そんなむすめがいたのかのう」

「本当のことらしゅうございます、先生。ですから永井さまでは大さわぎだそうで」

「その永井のせがれは、剣術をやるのかえ？」

「いいえ、中間の竹蔵がいっておりました。大小を腰にさすと、腰がふらついて見えるそうで」

「いまは、それが普通さ」

「ですから永井さまも弱っていなさるのだそうで」
「そりゃな、田沼の子を身内にすれば永井和泉守も行先、いろいろとうまい汁が吸えるというものだよ」
「いえ、田沼さまも、この縁談には大乗気だそうでございます」
「ほほう……そうかえ……」
ややあって、秋山小兵衛がこういった。
「御苦労だったな、ほんとうにありがとうよ。あとはおれがすることだ。お前に礼をするのも水臭いことだし……いずれ折を見て、お返しをさせてもらおう。おかみさんと坊やに、よろしくいっておくれ」

　　　六

　三冬は、田沼老中の現在の側妾が生んだむすめではない。
　田沼意次が、まだ前将軍・家重の〔御側御用取次〕の役目についていて、ようやく相良一万石の大名に取りたてられたばかりのころ、神田・小川町の屋敷につとめていた侍女のおひろに生ませたのが、三冬である。
　こうして、おひろは田沼の側妾となったわけだが、三冬を生んだ翌宝暦十年（一七

六〇年）夏に病歿している。このため、おひろのことを世の人はあまり知っていないらしい。

さらに……。

おひろが亡くなるや、三冬は、田沼の家来で佐々木又右衛門勝正の養女にされてしまった。

これは当時、田沼夫人のおひろへ対する嫉妬が烈しく、おひろ歿後も、三冬を意次の子にすることを、

「なりませぬ」

断固として、拒んだからであった。

佐々木又右衛門は、三冬をともない、田沼の領国となった遠州・相良へ転任させられたが、百石の加増があった。

「三冬をよろしゅう、たのむぞ」

と、田沼意次が、佐々木にいった言葉はこれだけであったけれども、はじめての女子だけに、よほど手ばなすのが惜しかったらしく、佐々木を見入る両眼が熱いものをたたえ、声が喉につまっていたそうな。

田沼夫人は後妻である。

先夫人が亡くなったのち嫁いで来て、長男・竜助（意知）を生んだ。

現夫人は六百石の旗本・黒沢杢之助定紀のむすめであるが、この後ぞえをもらったときの田沼意次は、まだ三百石の〔御小姓番頭〕にすぎなかった。

夫婦仲は、まことによろしく、

「それがために……」

夫人は強く嫉妬をしたものであろうし、田沼もしりぞけるわけにはゆかなかったものと見える。

こうした事情を、秋山小兵衛に語ってくれたのは、浅草・元鳥越町に奥山念流の道場をかまえている剣客・牛堀九万之助であった。

牛堀は上州・倉ヶ野の生まれで、江戸へ出てから十年ほどになるが、生涯、妻をめとらず剣の道へ没入し、独自の境地をひらいただけあって、道場は小さいが名門の子弟が門人に多い。

田沼意次の家来たちが、牛堀道場へ稽古に通って来ていることを、秋山小兵衛は知っていた。

小兵衛と牛堀は、別に昵懇の間柄というのではない。だが、たがいに知らぬでもなかったのである。

七年ほど前に……。

小兵衛は牛堀九万之助と、越前大野四万石の城主・土井能登守の面前で試合をし、

引き分けとなったことがある。

この試合は、牛堀が土井家へ武芸指南役として仕官するための、いわば試験のようなものであったが、牛堀の勝ちとならなかったので、仕官は見合せということになった。

小兵衛が牛堀の相手にえらばれたのは、土井家の物頭・山本某が小兵衛の門人で、山本から土井侯に、

「ぜひとも、秋山先生を指南役に……」

と、言上した故もあったのではないか……。

小兵衛にも、仕官の機会があった、と解してもよい。

二人の立ち合いは、双方ともに下段の構えで、睨み合うこと約一刻（二時間）にわたったという。

どうしても、勝負がつかぬ。

だが、後になって牛堀九万之助は門人たちへ、

「あのときは、秋山さんが引き分けにして下されたのだ。おれはしまいに呼吸があがってきて、どうにもならなくなったが、秋山さんはびくともしなかった。あの小さな体が二倍にも三倍にも見え、しかも、それが木刀の中へすっぽりと入ってしまったようで、いやどうも、手も足も出なかった。秋山さんが引き分けてくれたのは、それと

なく、おれの仕官が首尾よくはこぶようにしてくれたのであろうよ」
と、いったそうだ。
その後。一、二度、何かの宴席で二人は会っている。
久しぶりに小兵衛を迎えた牛堀は大よろこびで、居間へ招じ、酒でもてなしてくれた。
まだ四十歳の牛堀九万之助だが、温厚でいて語ること少なく、みずから実践することによって、おのずから門人たちを指導して行くという人物であった。
こうした牛堀だけに、小兵衛はいっさいを包み隠さず打ち明け、佐々木三冬について問うたのである。
「では、その三冬さまというのは、貴公の御門人か？」
「いや、市ヶ谷の井関忠八郎殿の御門人でござる。井関殿は田沼侯御屋敷へ出稽古にまいっておられました」
「井関さんは、去年、亡くなったな」
「さようでござる」
「四天王」の一人であった江戸市中に名高かった井関忠八郎の門人の中で、佐々木三冬は
「そりゃ、大したものだ」

「ま、秋山さん。一度、ごらんになられたらよい」

「三冬さま、をか?」

くつくつと笑いながら牛堀九万之助が、

「あのむすめごなら、なるほど、おのれより強い亭主でなくてはおさまりますまい」

「ほほう……おもしろいな」

「それにしても、秋山さんの御子息へ、永井家の用人が、もしや、せがれめに、佐々木三冬の腕の骨を折らせようとしたのではあるまいか……」

「ふうむ。となれば、いかな佐々木三冬も試合をあきらめ、おとなしゅう永井家へ嫁入るやも知れぬという……」

「永井和泉守としては、ぜひにも田沼侯と縁をむすんでおきたいところだろうしな」

「ははあ……! で、いかがなさる?」

「ここまで察しがつけばよいのじゃよ。せがれは金を突き返して、ぴしゃりとことわったのだ。もう、なんのことはない」

「なれど秋山さん……御子息のかわりに、別の、どこかの剣客が永井家の依頼をうけたやも知れませぬな」

「む……そりゃ、な」

二人は顔を見合せ、しばらく黙っておもいにふけった。

七

安永六年（一七七七年）の年も押しつまった十二月二十六日。

佐々木三冬は、市ケ谷・長延寺谷町にある井関道場での稽古を終え、帰途についた。

三冬は、女武芸者である。

髪は若衆髷にぬれぬれとゆいあげ、すらりと引きしまった肉体を薄むらさきの小袖と袴につつみ、黒縮緬の羽織へ四ツ目結の紋をつけ、細身の大小を腰に横たえ、素足に絹緒の草履というでたちであった。

さわやかな五体のうごきは、どう見ても男のものといってよいが、それでいて、

「えもいわれぬ……」

優美さがにおいたつのは、やはり、三冬が十九の処女だからであろう。

濃い眉をあげ、切長の眼をぴたりと正面に据え、颯爽と歩む佐々木三冬を、道行く人びとは振り返って見ずにはいられない。

三冬はいま、恩師・井関忠八郎が亡くなったあとの道場を他の〔四天王〕と共にま

もり、門人たちへ稽古をつけている。

三冬が江戸へもどったのは、井関が遠州・相良(さがら)から江戸へ移ったとき、これにともなわれ、出府をしたのである。いまから五年前のことだ。

井関忠八郎は、遠州・相良が板倉佐渡守(さどのかみ)の領国であったころから住みついていい、板倉から田沼へ領主が替ってからも、相良に居ついていたものである。

三冬が剣術をまなびはじめたのは七歳のころからだというから、これは天性のものだったといえよう。

養父母の佐々木夫妻を実の親とおもいこんでいた三冬へ、

「江戸へもどるように……」

と、田沼意次がいってよこしたのは、夫人もようやく心が和み、三冬を田沼の子にすることを承知したからであった。

このとき、はじめて三冬は、わが生い立ちの秘密を知った。

養父は主君の強っての命をこばむわけにゆかぬ。すべてを打ち明けて、三冬を江戸へ送った。送りとどけたのが井関忠八郎で、これが縁となり、井関は田沼屋敷への出入りをゆるされ、田沼に市ケ谷の道場を建ててもらった。

三冬を迎えた田沼主殿頭(とのものかみ)意次は、

「これまでのことはゆるせ。これよりは、わしが父じゃ」

やさしげに三冬を懐柔しようとしたが、三冬は只一言「わたくしは佐々木三冬でございます」といったきり、堅く口を閉ざして応じようともせぬ。

しかし田沼夫人も、いろいろ取りなしをしたので、三冬はようやく田沼の子となることを承知したが、このときから剣術へ身を入れることと層倍の烈しさとなった。

剣術を好む田沼意次も、わがむすめが、そのころからなのである。

三冬が男装をしはじめたのも、しだいに男か女かわからなくなってゆくことを、

「身が細る」

までに心配をした。

それをうるさがった三冬が神田橋の田沼屋敷を出たのは、去年の夏であった。

いまの三冬は、実母おひろの実家で、下谷五条天神門前にある書物問屋〔和泉屋吉右衛門〕がもっている根岸の寮（別荘）に、老僕の嘉助に傅かれて暮している。

和泉屋は、江戸城や上野の寛永寺へも書物をおさめているほどの大店で、当代の主人・吉右衛門は、三冬の母の実兄であるから、三冬の伯父にあたるわけだ。

この日。

佐々木三冬は、根岸の寮へもどる前に、和泉屋へ立ち寄った。

朝からどんよりと曇っていた空に、午後から灰色の雲がびっしりと張りつめ、風は

「このごろは、よく外出をなさるようで。お身柄のことも考えてもらわぬと困ります」

と、和泉屋吉右衛門が、三冬にいった。

わが妹の生んだ実の姪ながら、一つには今を時めく老中・田沼意次の子でもある三冬に対し、吉右衛門のことばづかいは、おのずから、あらたまったものになる。

「伯父さま。夕餉をいただいて帰ります」

「よいかげんに、神田橋の御屋敷へ、おもどりになってはいかがなので」

「このたびの縁談がまとまるときは、いやでも、田沼の父上のもとへ帰らねばなりますまい」

「さ、さようですとも、そのとおり……」

「もっともそれは、私の夫となる方が、剣をもって私を打ち負かしたときのはなしですけれど……ふ、ふふ……」

吉右衛門は、老顔をしかめた。

これまでに何度もくり返してきたことで、田沼意次のいうことさえきかぬ姪なのだから、

（手のつけようがない）

のである。

父の代から田沼家へ出入りをゆるされ、亡き妹が三冬を生んでからは、田沼の手引きによって和泉屋は、江戸城や寛永寺の御用もつとめるようになり、吉右衛門として は、

「神田橋御屋敷へは、足を向けて寝られぬ」

の心境であり、また実行している。

はこばれて来た膳に向い、豆腐の吸物や甘鯛の味噌漬などを、ぱくぱくと口へはこんでいる三冬をながめ、和泉屋吉右衛門と妻のお栄はあきれ顔を見合せ、ためいきをもらすのみであった。

三冬が和泉屋を出たのは、六ツ半(午後七時)ごろであったろう。

上野山下は、天台宗の関東総本山にして徳川将軍家菩提所でもある東叡山・寛永寺の門前町といってもよく、西に不忍池、南に下谷広小路をひかえ、さまざまの商舗・料理屋が櫛比し、仮小屋の見世物、茶店などが押し並んで、浅草や両国の盛り場に劣らぬ繁昌を見せている。

寒夜ながら年の瀬でもあり、行き交う人びとの提灯がいそがしくゆれうごいていた。山下から車坂通りへ出た三冬は、左に切りたった上野の山、右に組屋敷がならぶ道を坂本の通りへ折れ曲って行く。

この通りは金杉、三ノ輪を経て千住大橋へつらなる奥州街道の道すじにあたり、両側の町家の灯も明るく、人通りも多い。

善性寺門前をすぎた三冬は、肩で風を切るようにして坂本二丁目と三丁目の境の小道を、左へ切れこんだ。右手には和泉屋から借りた提灯を持ち、なんと左手は小生意気なふところ手にし、要伝寺の塀に沿ってななめ右へ曲った。

このあたりへ入ると、道も暗く、人の往来も絶えている。前面には木立と白姓地がひろがってい、景観は、まったく田園のものに変る。

間もなく根岸の里になるわけだが、ものの本に、
「呉竹の根岸の里は上野の山陰にして、幽婉なるところ。都下の遊人これを叶む。この里に産する鶯の声は世に賞愛せられたり」
と、あるように、諸家の寮や風流人の隠宅がすくなくない。

要伝寺の塀がつきて、寛永寺領地の鬱蒼とした木立が右手へあらわれた。

三冬は立ちどまって、
「雪か……」
と、つぶやいた。

闇の中に、はらはらと白く落ちてくるものに気づいたからだ。

実に、その瞬間である。

佐々木三冬の頭上から、得体の知れぬものが、ばさっと落ちてきた。

これは雪ではない。

投網であった。

「あっ……」

左足を引き、提灯を捨てた三冬が腰の大刀を抜かんとして、抜ききれなかった。投網が、すっぽりと三冬の体を抱きすくめてしまい、もがいて、よろめいて、足がもつれたとき、声もなく木立の中から走り出た黒い影が四つ。

それぞれに棍棒をふるって、三冬へ撲りかかったものである。

「あっ……おのれ、何者……」

叫んだが、どうしようもない。

あたま、肩、腹などを強打され、三冬は転倒し、気をうしなってしまった。

一人が、命じた。

「網を取り除けろ」

背丈の高い武士である。

三人が、手早く、投網にからめられた三冬の体を引きずり出した。四人とも覆面をし、厳重に足ごしらえをしている侍たちだ。

「両腕を出せ」

「はっ」
　二人が、道にぐったりと横たわった佐々木三冬をうつ伏せにして両腕を引きのばし、これを押えつける。三冬が、かすかにうなった。
　三冬の落した提灯が燃えているのを、一人が足で踏み消した。
「よし。峰打ちで、骨を叩き折ってくれよう」
　いいざま、背の高い男が大刀を抜きはらった。
抜きはらって、そやつが、
「わ……」
　叫んだかとおもうと、ぐらりと大きくよろめき、片ひざをついた。
　闇を切って飛んで来た石塊が、まともにこやつの顔を撃ったのである。
「先生」
「ど、どうなされ……」
　おどろく三人の背後から、微風のごとく接近して来た小さな影が、落ちていた棍棒を拾うと見るや、
「ほれ」
　縦横に、三人を叩き、突きまくった。
　三人の悲鳴も絶叫も、低くて短かった。

あっという間に三人が、道へ倒れて失神してしまったのである。歯を嚙み鳴らしつつ、石塊に顔を打たれた男が、それでも必死に後退し、ようやくに立ちあがって刀を構えた。

だが、よほどに強撃されたと見え、切先がゆれうごいている。

「よせ、むだじゃ」

と、小さな影がいった。

「出直して来い。おれは、秋山小兵衛というものだ」

相手が愕然とし、ついで、恥も外聞もないといったかたちで、逃げにかかった。

秋山小兵衛は、追わなかった。

「大丈夫かな？」

息を吹き返し、半身を起した三冬へ、小兵衛が、にやりとして、

「不覚じゃったのう。わしがお前の後をつけて来なかったら、とんだことになっていたぞ」

三冬は、横を向いてこたえもせぬ。

「ふん。礼もいわぬのか？」

「かたじけない」

「こころがこもっておらぬな、その声に」

「どうせよと申される、秋山どの」
「わしの名を……？」
「いま、曲者(くせもの)に名乗られたのをきき申した」
「ふうん」

このとき、気がついて逃げにかかる三人の曲者のうちの一人へ、小兵衛が颶(むさび)のごとく躍りかかって当身(あてみ)をくらわせた。

「む……」

ぐったりとなったその曲者を捨てて、残る二人は夢中に逃げ去った。

「秋山どの。何故、私の後をつけられた？」
「退屈だったからさ」
「理由(わけ)をおきかせ願いたい」
「三日も、な」
「なるほど。これでは、当分、嫁にも行けまい。おもったより、ひどい牝馬(めうま)だ」
「う、馬？」
「気をつけてお帰り」

いうや、矮軀(わいく)の小兵衛が、自分の倍もあろうかとおもわれる曲者の気絶したままの

体を、軽がると肩に担ぎあげ、すたすたと闇の中へ消え去った。
これには、さすがの佐々木三冬も瞠目したまま、声が出なかった。
この夜の雪は、積らなかった。

八

翌々日……。
秋山小兵衛は、鐘ヶ淵の隠宅の裏手で、薪を割っていた。
風もなく、あたたかに晴れわたった冬の午後である。
石の上に腰をおろした小兵衛は、まるで、鋏で紙を切るように薪を割っていた。薪割りの刃が軽くふれただけで、薪が二つに割れ四つに割れてゆくのだ。
割りを持つ小兵衛の手がうごかぬほどにうごいている。
大川に沿った岸辺の枯蘆の上を、千鳥の群れが飛び去って行くのが見えた。
おはるは、実家の父親が持って来た正月の餅を、川向うの大治郎の道場へとどけに行っている。
無心に薪を割りつづける小兵衛の前に、人影が立った。若衆姿の佐々木三冬であった。

「一昨夜は、危ういところをお助け下され、かたじけのうございました」

と、三冬が硬い声であいさつをした。

「ここが、どうしてわかった？」

「牛堀九万之助先生に、うかがいました。私、かねてより秋山先生の尊名を存じおりましたなれど、一昨夜は、あまりにもおもいがけぬことにて、失礼を……」

「剣客というものには、このような平穏めでたき世の中においても、いろいろと危ういことがあるものじゃよ。女の身で、それをお覚悟の上かえ？」

「は……」

「現に見なされ。巷のごろつきどもでもあることか……れっきとした五千石取りの大旗本が何のわけがあったか知れぬが、せがれの嫁に迎えようという女の両腕の骨を、いかがわしき曲者どもをつかって叩き折ろうという。まことにばかばかしい世の中になったものよ」

「それもこれも、武士たるものの覚悟がないから……」

「もうよいわえ。のう、むすめご。田沼さまのもとへ、帰ったらいかがじゃ？」

「父が……父が、もっと別のお人でしたら……」

「御老中の威勢が、気にくわぬか？」

「汚ならしいとおもいます」

「政事は、汚れの中に真実を見出すものさ」
「わかりませぬ」
尚も薪を割りつづけている小兵衛の顔を、まばたきもせずに三冬が凝視していた。
その三冬の双眸が、しだいに強い光を帯びてきはじめた。
小兵衛は視線を薪割りからはなさず、
「さほどに、剣術が好きかえ？」
「はい。三冬のいのちです」
「何故、女のいのちが剣なのだ？」
「剣をもって立つとき、迷いが消えます」
「では、迷いがあるわけじゃな？」
三冬の、こたえはなかった。
「男は、きらいかね？」
たたみこむような小兵衛の問いに、三冬が「きらい」とこたえ、すぐさま「秋山先生だけは、別」と、いった。口調が急に甘やかなものに変ったので、小兵衛がおどろいて、三冬を見た。
小麦色の佐々木三冬の男装ゆえに、妙に少年じみた顔が燃えるような血の色をのぼせているではないか。

「⋯⋯？」
「存じませぬ」
　秋山小兵衛は、ぎょっとなった。
　くるりと、三冬が小兵衛に背を見せ、両のたもとで面をおおった。
　これには、小兵衛もおどろいたらしい。
　おもわず腰を浮かせ、目をみはり、口をもぐもぐさせている小兵衛へ、
「一昨夜、あのときの⋯⋯先生の、おはたらきのお見事な⋯⋯それを⋯⋯見て、わたくし⋯⋯」
　背を向けたまま、痰がからんだような声で、とぎれとぎれにいいさした佐々木三冬が突如、ぱっと振り向き、小兵衛の背後の竹藪を見た。
　早くも三冬の手は刀の柄にかかっている。
　秋山小兵衛も、腰をおろしたまま、ゆっくりと振り向く。
　そのとき竹藪の中から、湯殿の外側の草地へあらわれた五人の男が、いっせいに抜刀し、こちらへ肉薄して来た。
「先夜の、やつどもだな」
　いったかとおもうと、立ちあがりもせずに小兵衛が傍らの薪をつかんで、ひょいひょいと五人へ投げつけたものである。

それは、鳩へ豆でもあたえるように気軽な動作に見えたのだけれども、小兵衛の手をはなれた薪はするどく空間を疾り、曲者どもの顔やひざがしらを襲った。

「ああっ……」

「うわ……」

わめき、うめいて、四人がよろめき、中には転倒したやつもいた。この小兵衛の投げた薪をかわしたのは只ひとり、こやつは一昨夜、一味の頭と見えた背の高い曲者である。

「たあっ……」

曲者は、猛然と小兵衛へ駆け寄り、一気に大刀を打ち込んだ。

ななめ横にすいと逃げた小兵衛の手から、またも薪が曲者の面上へ投げつけられた。

「くそ！」

刀で薪をはらい退け、薪の山を向うへ躍り越えた曲者へ、待ちかまえた佐々木三冬が抜き打ちをかけた。

曲者は、ころげるようにこれをかわし、す早く立ちあがって体勢を立て直す。

「おのれ」

追い打ちをかけようとする三冬へ、小兵衛が、

「お前さんは、わしのうしろを……」

と、いった。
「はい」
　身をひるがえして三冬が、小兵衛の背へまわり、ようやくに四つの刃をそろえて迫る曲者たちの前へ立ちふさがり、
「まいれ」
ぴたりと押える。
　小兵衛を中心にして、背の高い曲者と三冬の位置が入れ替ったわけだ。
　秋山小兵衛が上目づかいに背の高い曲者を見て、しずかに腰をおろし、
「おのれは、本所の四ツ目にいる念流の浅田虎次郎だとな。一昨夜、わしが捕えたおのれの門人が泥を吐いたぞ」
　浅田は、殺気にみちみちた両眼を白くむき出し、颯と大刀を上段に振りかぶった。
　小兵衛が、ぬたりと笑った。
「む……」
　一歩ふみ出した浅田が、三歩退って、振りかぶった刀を平正眼に構え直した。
　小兵衛の背後では、佐々木三冬が四人を相手に斬り合い、敵を一歩も近寄せぬばかりか、たちまち二人が腕や足を切られて戦闘不能となっている。
「浅田よ」

石の上に腰をおろし、左に薪一本、右に薪割りをつかんだままの秋山小兵衛が、
「捕まった門人の口から、おのれの名前が知れたとおもい、とうとう、わしまで殺すつもりになったか……」
「だまれ」
「おのれに、わしのうしろのむすめごの腕の骨を折れと、金五十両でたのみに来たのはだれだえ？……よしよし、いわずとも、わかっている。だがのう、浅田とやら。うしろのむすめごが、どこのだれか、おのれは知るまい」
「く、くく……」
歯がみをしても、浅田は小兵衛との間合をちぢめることができない。針のように細く光る小兵衛の眼光の恐ろしさに、どうしようもないのだ。
「このごろは、この江戸に、おのれのような無頼どもが増えて困る。おい、きけ。うしろのむすめごはな、老中・田沼主殿頭様の御息女だぞ」
浅田虎次郎が、驚愕の表情となった瞬間、小兵衛の手から薪が飛んだ。
「う……」
かわした浅田の面上へ、小兵衛の投げた薪割りが凄まじい音をたてて喰い込んだ。
浅田の絶叫があがったとき、三冬は残る二人を峰打ちに打ち倒していた。
「おみごと」

と、小兵衛が三冬にいった。

ゆらゆらとゆれていた浅田虎次郎の巨体が、地ひびきをうって倒れ伏した。

三冬は、むしろ茫然と、これをながめた。

それからしばらくして、おはるが舟でもどって来たとき、小兵衛も三冬も、浅田の死体も四人の曲者も、どこかへ消えてしまっていた。

小兵衛が帰って来たのは、夕闇がただよいはじめてからであった。

どこへ行っていたんです、というおはるへ、小兵衛は「行き倒れて死んだ人男を埋めて来たのさ」とこたえ、おはるが「そんなのうそでしょ」というや、そうだ、うそもうそ。大うそだよ、と事もなげにいったのである。

○

年が明けて、安永七年（一七七八年）の正月。

秋山小兵衛は六十歳、息・大治郎二十五歳となった。

その正月二十日。

浜町の田沼家・中屋敷において、佐々木三冬と、永井和泉守(いずみのかみ)の息・右京との試合がおこなわれた。

この日。

永井右京は、恐る恐る木刀をつかんで三冬と相対したが、つかつかと間合をせばめて来た三冬へ無我夢中で打ってかかり、木刀をはね飛ばされた上、右腕をしたたかに打たれ、骨折してしまった。

痛みにうめきつつ、助けられて控所へはこばれて行く途中で、右京は永井家の家来で三井某という者に、

「これでよかった。あのような女樊噲（おんなはんかい）を妻にするなど、とんでもない」

むしろ、うれしげにささやいたとか……。

〔樊噲〕とは、むかしむかしの支那（しな）の武将で、大へんな豪傑の名前である。

三冬の勝利を、江戸城から下って神田橋の屋敷へもどってきいた田沼意次は、

「まさかに、右京が勝つとはおもわなんだが……」

と、眉をひそめて、

「三冬め……」

いまいましげに、父性の愛情をこめ、

「ああ……いつになったら……」

嘆息をもらした。

永井和泉守は、

「もはや、せがれともおもわぬ」

右京をくどくどと叱りつけ、あきらめてもあきらめきれぬおもいがしている。
田沼老中と縁をむすび、閑職の御留守居から将軍の御側衆昇進をねらっていた永井和泉守であった。
それに永井と、用人・大山佐兵衛は、秋山大治郎に拒絶されたのち、三冬襲撃を依頼した剣客・浅田虎次郎も、その門人たちも行方不明となっていることが、気になってならない。
この〔秘密〕が、もしも田沼意次の耳へ入ったなら、
（どのようなことになるか……）
その恐怖で居ても立ってもいられぬおもいであった。
三冬の両腕を折って、右京との試合をあきらめさせ、永井家への嫁入りを成功にみちびこうとする策を主人にすすめたのは大山用人である。
大山は、この年の二月の末、ついに自殺をとげてしまった。
佐々木三冬は、小兵衛の口から、彼らの陰謀をききとっていたが、父の田沼意次の耳へはこれをつたえなかったらしい。
それはさておき……。
日ごとに春めいて来る大川をわたって、佐々木三冬が何かと小兵衛の隠宅を訪問して来るようになった。

これには、小兵衛が困った。

小兵衛を見る三冬の眼には、何やら妖しげな情熱が凝められていて、男装の下の女体がなまなましく感じられてならない。

それをまた、おはるが気づいて、

「あの女(ひと)、きらい。ここへ来させないで下さい、先生」

嫉妬(しっと)に我を忘れ、泣き、わめくのである。

真崎稲荷(いなり)裏の秋山大治郎の道場には、まだ一人の入門者もない。

大治郎は依然、一椀(わん)の汁と麦飯に腹をみたしつつ、道場に独り立って剣をふるい、また、時には二日も三日も食を断ち、端座したまま瞑想(めいそう)にふけっていたりする。

近辺の百姓たちは、

「道場の先生、真崎さまの狐(きつね)が憑(つ)いたのではなかろうか……」

などと、うわさし合った。

剣の誓約

一

「うまい」

と、秋山大治郎がつぶやいた。

ひとりごと、なのである。

それにしても、めずらしいことといえよう。

浅草の外れ。真崎稲荷明神社に近い一軒家の小さな道場に独り住む大治郎は、近辺の百姓の女房が夕飯の仕度をしてくれ、我が家へ帰ってしまうと、あとは黙念と夕飯を終え、読書にふけるか、または灯を消して端座し、いつまでもいつまでも瞑想にふけって倦むことを知らぬ。

だがしかし、これまでについぞ〔ひとりごと〕など、もらしたことのない彼であった。

〔ひとりごと〕は、人間の孤独が、（おのずから声となって、発せられるもの）だという。それなら大治郎は、このような明け暮れをくり返していて、いささかもさびしいおもいをしていないことになる。

それがおもわず、百姓の女房の味噌汁に舌つづみをうち「うまい」と声にのせたのは、よほどうまかったにちがいない。

昨年の秋から、大治郎は麦飯に根深汁のみの食事で暮しつづけてきたのだが、今夜は、味噌汁へねぎのかわりに田螺が入っていた。

この蝸牛によく似た淡水螺貝は、水田や池・沼などに産し、春田の霜が解けるころから、いくらでも採れる。

よく肥った田螺貝を水につけて泥を吐かせ、味噌煮や木の芽和えにしてもよいが、味噌汁の実にすると、

「いやもう、おれは蜆汁よりもうまいとおもうな」

と、これは大治郎の父・秋山小兵衛のことばである。

おもいがけなく、田螺汁が出たのは、啞の女房が、百姓の夫と共に採ってきた田螺を大治郎に食べさせたかったのであろう。

あまりにも長い間、根深汁ばかりの毎日だっただけに、さすがの秋山大治郎も、田

螺汁に嘆声を発してしまったことになる。
「うまい」
 もう一度、大治郎はいい、汁と飯を交互に口へ入れはじめた。この安永七年（一七七八年）で二十五歳になった彼の、彫りのふかい若々しい面上に、食物を摂る動物の幸福感がみなぎっている。
 依然、大治郎の道場へ入門して来る者はいなかった。父の小兵衛は「道場をたててやったのだから、これからは、お前ひとりでやれ」といい、援助をしてくれないし、実は大治郎、米も味噌も底をつきそうになっている。
 いや、実は、入門者が一人あった。
 去年の夏。
 秋山大治郎が、老中・田沼意次の中屋敷（別邸）でおこなわれた剣術試合にみごとな手練を見せたのを知っていた七百石の旗本で、湯島植木町に屋敷をかまえている高尾左兵衛が、次男・勇次郎を、
「ぜひとも門人に……」
と、用人をつきそわせ、この正月十八日に、大治郎の道場へさしむけてよこした。
「お引きうけいたしましょう」
と大治郎は、その日から勇次郎に、四貫目の振棒をあたえた。
 赤樫でつくられた振棒は六尺余のふといもので、これに鉄条がはめこまれている。

その重い振棒を、
「先ず、二千遍は振れるように」
大治郎は、そういうのである。
二十三歳の高尾勇次郎は一日目に五十回を振ってやめ、二日目にはふらふらと八十数回。三日目には百回で、道場にへたりこんでしまい、
「二千遍、振れるようになるまで、稽古をつけては、いただけませぬか？」
頰をふくらませて、大治郎にいった。
「いかにも」
と一言。大治郎はにべもなかった。
翌日から、もう高尾勇次郎は道場にあらわれなかった。これまでに、どこぞの道場へ通っていて、すこしは木刀や竹刀をあつかい馴れていた勇次郎だけに、いくら父・左兵衛が「これよりは秋山道場へ行け」と指図したにせよ、ばかばかしくなってしまったものと見える。
個人道場で暮しをたててゆくからには、弟子たちを適当にあしらい、たまさかには一つ二つ打たれてやって、弟子のきげんをとるのが当節なのである。
こうして秋山大治郎は、初の入門者を三日にしてうしなった。
だが、高尾勇次郎が入門にさいしておさめた束脩の金で米・味噌をあがない、半年

に一度、支払う取りきめになっている百姓の女房の給金をわたすことができた。

飯も汁の実も、嚙んで嚙んで、強いていえばほとんど唾液化するまでに嚙みつぶし、腹へおさめる大治郎の食事は非常に長くかかった。

つまらぬように見えても、大治郎にとっては、これが剣士としての心得であり、幼少のころから父・小兵衛に仕つけられた修行の第一歩だったといってよい。

ちなみにいうと、小兵衛の妻で、大治郎を生んだお貞は、大治郎七歳の折に病歿している。

食事を終り、ゆっくりと一杯の白湯をのみ終えた大治郎が、仰向けに、しずかに寝た。これも父から仕つけられたことなのである。約半刻（一時間）、そのまま目を閉じ、静臥するのだ。これは日常の食事にさいしてのことなのだが、別に、ごく短い時間のうちに食事を摂る仕様も大治郎は身につけている。

春の気配が、夜気にたれこめていた。ぬくもって重い闇が、大治郎の寝ている小間以外の場所をおおっている。

と……。

大治郎の両眼がひらいた。

戸外に近づいて来る人の気配を知ったからだ。父・小兵衛のではない足音が、道場の入口にとまり、

「ごめん」

しわがれた低い声がきこえた。

戸締りもしていない土間へ大治郎が出て行くと、

「大治郎か……?」

戸外の人が、声をかけてきた。

大治郎が戸を開けると、そこに旅姿の老武士がひとり、毅然として立っていた。

大治郎。こたびは、おぬしにわしの、死に水をとってもらわねばならぬ」

秋山大治郎は、なつかしげに老武士を迎え入れ、暁の霜によろわれた桑の木のような老武士であった。

「久しゅうござります」

丁重にあいさつをした。

「うむ」

と受けて老武士が、こういった。

「大治郎。こたびは、おぬしにわしの、死に水をとってもらわねばならぬ」

二

老武士の名を、嶋岡礼蔵（しまおかれいぞう）という。

秋山大治郎の記憶にあやまりがなければ、嶋岡礼蔵は、父・小兵衛より三つ下の五十七歳になっているはずであった。

礼蔵は、秋山小兵衛の〔弟弟子〕にあたる。

小兵衛と礼蔵の剣術の師は、麴町九丁目に〔無外流〕の道場をかまえていた辻平右衛門直正という人であった。

そもそも〔無外流〕の剣法を創始したのは、近江・甲賀郡馬杉村の出身で、辻平内という人物である。平内はのちに〔月丹〕と号した。くわしい経歴は不明である。

辻平内は、無欲恬淡の奇人であって、門人たちから金品をうけず、したがって困窮はなはだしく、

「門人某の家へ稽古に往く折の姿を見れば、衣類の裾より綿はみ出で、羽織の袖肩すり切れ、刀の鞘は色あせて剝脱し……」

と、ものの本に記してある。

のちに門人二百余を数え、いくらか生活もととのってきたが、すこしでも余裕があると、それを惜しみなく困窮の人びとへわけあたえた。

辻平内は、かつて、越前大野の藩士で杉田庄左衛門・弥平次の兄弟に助太刀をし、首尾よく兄弟に父の仇討ちをさせた。

敵、山名源五郎を討つにさいして助太刀をし、首尾よく兄弟に父の仇討ちをさせた。

これが縁となって、兄の庄左衛門は家督を弟にゆずり、ふたたび江戸へ出て、辻平内

の門人となった。

独身の平内が七十九歳の高齢で病歿したのは享保十二年（一七二七年）のことで、以後は麴町の道場を杉田庄左衛門が引きうけ、名も〔辻喜摩太〕と、あらためたのである。

辻喜摩太も、生涯、妻を迎えず、したがって子もなかった。

そこで、愛弟子の三沢千代太郎をもって後つぎとなした。

千代太郎は、名を、

〔辻平右衛門〕

と、あらため、道場を引きついだ。

この、辻平右衛門と嶋岡礼蔵の門人の中で〔竜虎〕だとか〔双璧〕だとか評判された二人が、秋山小兵衛と嶋岡礼蔵なのである。

辻右衛門は、小兵衛が三十歳、礼蔵が二十七歳の折に、何をおもったのかして、「両人とも、これよりは、おもうままに生きよ」

といい、ひとり飄然として江戸を去り、山城の国・愛宕郡・大原の里へ引きこもってしまった。平右衛門にも妻子はなかった。

秋山小兵衛は江戸に残った。

嶋岡礼蔵は、師・平右衛門につきそい、大原の里へ向った。

ここに、流祖・辻平内以来の麴町九丁目の道場は閉鎖されることになったのである。

当時をかえりみて、秋山小兵衛が大治郎へ、こうもらしたことがある。

「かつては、門人も二百をこえた辻道場であったそうなが、平右衛門先生が江戸を去られたとき、門人は、わしと礼蔵をふくめて、わずか七名にすぎなかった。なれど、そのかわり、道場での稽古、その明け暮れというものは……ふ、ふふ。大よ。お前に も、はかり知れぬほどに凄まじいものであったよ」

どのように凄まじかったのか、それを小兵衛は一度も語ったことがない。

だが、その凄まじさに辟易し、年ごとに門人の数が減っていったのであろう。

辻平右衛門としては、格別にきびしい教導をしたわけではない。流祖以来、うけつがれた剣法を伝授しようとしたにすぎないのだが、これをうけ入れる門人たちのほうが、

「堪えきれなくなった」

ことになる。

かくて……。

江戸へ残った秋山小兵衛は、のちに四谷・仲町に小さな道場をひらいたが、

「そのときから、おれは人が変ったのよ」

と、小兵衛は謎めいた微笑をうかべていうのだが、くわしいことは、大治郎にも語

大治郎は父の道場の、剣術の稽古の響みの中で生まれ、育った。

十三歳のころに、どうしても剣士として生きたい、と大治郎が小兵衛にいったとき、小兵衛は、

「好きにせよ。これまでは、男ひとりのたしなみとして手ほどきをしてやったが、おれはお前が何になろうと、とどめはせぬ。なれど、剣をまなびたいというのなら、先ず、おれの手もとをはなれなくてはいけない」

こういって、大治郎十五歳の夏に、山城の恩師のもとへ〔ひとり息子〕をさし向けた。

「平右衛門先生が、お前を見て、江戸へもどれといわれたなら、おとなしゅう、もどってまいれ」

と、小兵衛はいった。

ところが、大治郎はもどって来なかった。

当時、七十をむかえていた老先生に大治郎は気に入られたものと見える。

これより約五年。大治郎は辻平右衛門の手もとにあって修行をつづけた。

平右衛門の傍には、依然として嶋岡礼蔵がつかえてい、大治郎は礼蔵に、

〔第二の師〕

としてつかえ、山ふかい大原における五年間の修行を終えたのであった。
終えたというよりも、老師・辻平右衛門の病死によって、大治郎の修行に終止符がうたれたといってよい。
「いったん、江戸の小兵衛殿のもとへ帰れ。そして小兵衛殿の指図にしたがったがよい」
嶋岡礼蔵は、こういって、大和の国・磯城郡・芝村の郷里へ去ったのである。
そのときより、足かけ六年ぶりに、秋山大治郎は嶋岡礼蔵と再会をしたことになる。
大治郎は、大和の国から一気に江戸へ到着した礼蔵のために、久しぶりで風呂をたてた。
湯がわくと礼蔵を入れ、背中をながしにかかる。細身ではあるが、鉄線を何条もより合わせたような嶋岡礼蔵の体軀であった。
白いものがまじった総髪とは別人のように引きしまった、鍛練しつくした肉体なのである。
「小兵衛どのは、お元気か？」
湯気の中で、礼蔵の声がやわらいだ。
「川向うに住んでおります。父も、嶋岡先生が見えたことを知ったなら、どのようによろこびますことか。知らせてまいります」

「無用」

と、これは厳然たる声音であった。

「いけませぬか？」

「会わずともよい。わしが死に水は、おぬしにとってもらえばよい」

「うけたまわりましょう」

「真剣の勝負をいたす」

「なんと……？」

「約定によって、な」

「どこの、だれとで？」

「おぬしに、相手方へ使者に立ってもらわねばならぬ。めんどうながら、おねがいする」

「は……」

「その男とは、こたびで三度目の立ち合いになる。こたびはおそらく、わしも勝てまい。剣客の宿命というものだ。いま、わしは、大和・芝村の大庄屋で、兄の嶋岡八郎右衛門の屋敷にいて、余生を送るに、なんの不足もない。老いた兄夫婦も、若い兄の子たちも、幼い兄の孫たちも、長い間、故郷へもどらなかったわしを、あたたかく迎え入れてくれた……独り身の、名もなき老剣士のわしが、いささかの邪魔にもならぬ

ほどに兄は富んでいる。七年前、老師・辻平右衛門先生が大原の里に亡くなられたときは……」
「剣を捨て、一介の老爺となって余生を送る、と、申された」
「なれど、そうはまいらぬ。相手は、十年前の約定を忘れてはいなかった……去年の春に、その男から念押しの手紙が大原へ来て、大原から兄の屋敷へ送りまわされてきた」
「十年前の約定……と、申されますと、私が、父の手もとをはなれ、大原の老師のもとへまいってより、間もなくのことで……」
「そのころ、わしが老師のもとをはなれ、三月ほど留守にしたことを、おぼえていよう」
「あ……」
「おもい出したようだな」
しわの深い嶋岡礼蔵の口もとがゆるみ、すぐに、一文字に引きむすばれた。
背中をながし終った大治郎が礼蔵を風呂桶に入れ、
「遺恨試合、でしょうか?」
と、問うた。
礼蔵の細い両眼には、何の光もなく、淡々として、

「そうもいえよう、な」
「相手方は、一人……?」
「いかにも。なれどつきそいが別にいよう。めんどうながら、こちらはおぬしにつきそってもらおう」
「はい」
「ようきけ、大治郎。好むと好まざるとにかかわらず、勝負の決着をつけねばならぬのが剣士の宿命というものだ。おぬしが父の小兵衛どのは、そこを悟って、老の坂へかかったとたんに、ひらりと身を転じたそうな……ふ、ふふ……小兵衛どのとて、ずいぶんと手きびしく打ち負かした相手が何人もいる。負けたものは、勝つまで、挑みかかってくる。わかるか、な?」
「は……」
「負けた相手に勝たねば、剣士としての自信が取りもどせぬ。自信なくして、おのれが剣を世に問うことはできぬ。なればこそ、負けた相手には勝たねばならぬ。ぜひにも、ぜひにも……」
 そして嶋岡礼蔵は、ためいきを吐くがごとくに、
「小兵衛どのや、わしのように、勝負をはなれたものとても、ついには勝負から逃れることができぬ。そのことを、若いおぬしも、よくよくわきまえておけ」

「はい」
「天下泰平の世に、われらのごとき世界があるとは、な……」
「…………」
「また、なればこそ、剣の道へふみこんだもののよろこびもあるのだろう。かつての、わしや小兵衛どのがそうであった」
田螺汁(たにしじる)が、まだ残っていた。
それをあたため、麦飯を新たにたき、大治郎は礼蔵をもてなしつつ、打ち合せをませた。
食事を終え、六畳の間で嶋岡礼蔵は床についた。すぐに、やすらかな寝息がきこえた。
大治郎は、朝まで、まんじりともしなかった。
礼蔵と共に朝食を終え、嶋岡礼蔵はすぐさま身仕度をし、道場を出て行った。
それを見送ってから間もなく、大治郎の姿も道場から消えた。
なぜなら、秋山小兵衛が今年はじめて、息子の道場をのぞきに来て、戸締りもない屋内にだれもいないのを見とどけ、鐘ケ淵(かねがふち)の我が家へもどり、おはるにこういったからである。
「せがれめ。今朝は姿が見えなんだわえ。はて、どこへ出かけたものかな。こりゃほ

んに、めずらしいことではないかよ。のう、おはる」

三

秋山大治郎は、一刻(二時間)ほどで、麻布の四ノ橋をわたり、さらに南へたどって三鈷坂へかかる西側の西光寺門前まで来た。きっちりと袴をつけ、きれいにすきあげた髪へ古風な檜笠をのせている大治郎であった。髷は、わが手で結いあげるのである。

どんよりと曇った空の下を、大治郎は西光寺北側の小道へ切れこんで行った。通りがかった、この辺の農婦に、さがしもとめる家をきいてからのことだ。

当時のこのあたりは、江戸郊外といってよい。

ふかい松林にかこまれた西光寺の裏手は小高い丘になっていて、小道の突き当りに形ばかりの門が見える。半ばひらいている門の戸の間から中へ足をふみ入れ、笠をとった大治郎が、ふと立ちどまった。

弦音をきいたからである。

的へ当る矢音もきこえた。

この家も、びっしりと木立にかこまれていたが、門を入って左へ折れると、前に菜

園の跡らしい空地がひろがっていて、そこに若者がひとり、弓の稽古をしているのである。

若者が、大治郎を見て、つがえかけた矢を外し、

「どなた？」

甲高い声で、問いかけてきた。

大治郎は一礼し、名乗ってから、

「私は、大和の嶋岡礼蔵の使いのものです。柿本源七郎先生へ御取次をねがいたい」

と、いった。

若者は、だまって凝と大治郎を見つめた。ぬいだ片肌も、まだ少年のおもかげが何処かに匂っている顔も、女のように白く、それが弓の稽古で紅潮し、美しかった。背丈も尋常で、しなやかに細い体つきなのだが、大治郎を見やった両眼はするどかった。

若者が、いつまでも沈黙しているので、大治郎は重ねて、

「柿本先生は御在宅なのですか？」

と、空地の向うのわら屋根の家へ視線を移した。

「しばらく、ここにてお待ちなさい」

若者は片肌をぬいだままで、上目づかいに大治郎を見ている。無礼きわまりないの

だが、大治郎は眉毛ひとつうごかさなかった。
家へ入った若者が、すぐにもどって来た。今度は肌を入れ、衣服を正している。
「柿本先生が申されます。秋山うじは、嶋岡礼蔵殿の御使者といわれたが、私に口上をきいてまいれ、とのことです」
若者の口もとに、妙なうす笑いが浮いていた。それはまことに大治郎から見ると得体の知れぬ笑いなのである。こちらを侮っての笑いでもない。強いていえば一種の媚が感じられる。それが、大治郎に対してのものではないことはもちろんである。
「これが、嶋岡礼蔵の書状です。柿本先生にお目通しいただき、御返事をいただきたい」
大治郎から受け取った手紙を持ち、若者はふたたび、家の中へ去った。
あたりは、森閑としている。空地の向うに銀杏の大樹があり、そこに弓射の的がくくりつけられ、矢が五つ、見事に中心の黒点へあつまって射込まれていた。
（あの若者は、門人なのか？）
ほかに人気もないようである。
柿本源七郎は、四十をこえたばかりの、剣客としてはあぶらの乗りきった人物だと、大治郎は嶋岡礼蔵からきいていた。
それにしては、道場らしい建物も雰囲気もなく、木立と空地と小さな家とがひっそ

りと、大治郎の前に在るのみなのだ。

小さいがわら屋根の家のつくりは風雅なものである。柿本が建てたものではないらしい。以前は、しかるべき人の隠居所ででもあったものか……。

若者が出て来た。またしても、あの奇妙なうす笑いが口辺にただよっている。

「柿本先生の御返書です」

と、若者がきめつけるようにいい、書状を大治郎へわたした。そのことばづかいも非礼きわまるものだ。おのれの師を他人の前で「先生」と敬ってよぶ。師は〔師父〕ともいう。わが父同然の人を他人の前で敬称することなど、ばかばかしいかぎりであるし、しかも「御返書」などともったいをつける。あきれはてたものだ。

大治郎は、柿本源七郎の返書の宛名を見た。まさに〔嶋岡礼蔵殿〕とある。

「では……」

一礼し、大治郎は若者の前から去った。

秋山大治郎が門を出て行くのをたしかめてから、若者は家の中へもどった。四間ほどの家だが、塵ひとつとどめてはいない。

古びてはいても、手入れがよく行きとどいていて、荒れるにまかせた外部の景観が嘘のようにおもわれる。

奥の間に、人がひとりいた。

肥満した、大きな中年の武士である。
浮腫んだように顔面の肉づきがふとやかで、顔色は煤けた紙のようであった。鼻も口もふとく、紫色の下唇がたれ下っている。呼吸が苦しげであった。
この武士が、柿本源七郎である。
もしも、秋山大治郎が柿本を見たら、なんとおもったろう。
十年前に、常陸の筑波山において、真剣をまじえたときの柿本源七郎の印象を、嶋岡礼蔵は大治郎へ、こう語っている。
「六尺に近い大兵が岩のごとき筋骨によろわれていて、わしが、はじめて源七郎と立ち合ったのは、それより十年前のことで、江戸の辻先生がもとに小兵衛殿といたわけだが……そのころの柿本源七郎とはくらべものにはならなかった。はじめてのとき、わしは木刀をもって只ひと撃ちに打ち倒したものだ。それが……それが筑波山の折は、たがいに刃をかまえて、およそ二刻（四時間）もにらみ合い、ついに、双方とも精根つき果ててしまい、き飛ばされてしまうかとおもった。
さらに十年後を約したのだ」
いま、ここにいる柿本源七郎に、そのおもかげはまったくない。
机の前で、嶋岡礼蔵からの手紙を喰い入るように読み返していた柿本が、入って来た若者を見るや、あわただしく手紙を巻きおさめ、ふところへ入れた。この部屋に寝

床がのべられてある。薬湯のにおいがこもっている。柿本源七郎は病体らしい。
「何事ですか、先生……」
若者が甘え声になった。先ほど、秋山大治郎に対したときの声音ともおもえぬ。柿本源七郎へ寄り添うようにして、若者が「先生、その手紙、私に見せて下され」と、いった。
柿本はこたえず、若者の細いくびすじを左腕に巻きしめ、あえぎながら白い双腕をのばし、柿本の肥体を抱きしめたが、急に、柿本は目をとじ、若者の唇を吸った。若者は目をとじ、若者の唇を吸った。若者は目を突き放し、
「お体に悪い」
ささやくように、いう。眼が媚をたたえ、笑っていた。
「ばか」
うめくように、柿本がいい、ほろ苦く笑って、立ちあがり、
「なんでもない。この手紙はな、むかしの、おれの友達からのものよ」
といった。ふといがやさしい声なのである。
「先生。何処へ？」
「厠だ」
といい、小廊下を出たとたんに柿本源七郎が、

「あっ……」
　恐ろしい叫びを発し、両手で胸もとを押え、立ちすくんだ。
「あっ……ああっ……」
　悲鳴に近い。そこへうずくまって苦痛に顔をゆがめる柿本へ、若者が飛びかかるようにして抱きつき、
「大丈夫です。しずかに、おこころしずかに……」
「あっ……う、う……」
「しっかりなされ」
　若者は柿本を寝床へ横たえ、枕元の土瓶から薬湯を口へふくみ、これを口うつしに柿本へのませた。
　発作がしずまり、柿本源七郎は別の散薬をのませられ、ねむりはじめた。
　嶋岡礼蔵の手紙は、小廊下に落ちていた。
　若者は、その手紙をひろいあげ、読んだ。読み終えて、ねむりこんでいる柿本源七郎のふところへ手紙をさし入れ、ひっそりと勝手口へ行き、折しも外からもどって来た老婢に、
「先生のおかげんがわるい。私は、山口玄庵どののところへ行き、薬をもらって来る。あとをたのむ」

と、いいおき、何処かへ出て行った。

秋山大治郎は、昼すぎに浅草の家へもどった。

嶋岡礼蔵が帰って来たのは夕暮れになってからである。

「久しぶりに、江戸の町々を歩いて見た。変ったな」

と、礼蔵はいい、大治郎がさし出す柿本源七郎の返書を読み終え、

「これでよい。明後日に立ち合うことになった」

「場所は？」

返事のかわりに、礼蔵は、柿本の返書をわたしてよこした。

大治郎がこれを読み終えたとき、嶋岡礼蔵の睫が、ひくひくとうごき、つぶやくように、

「まさに、柿本源七郎の筆跡だが……一年前にとどけられた手紙にくらべると、いささか、ちがう」

「なにが、ちがう？」

礼蔵のこたえはなかった。

四

夕餉の膳に、馳走が出た。
あの、唖の女房のこころづくしなので、浅蜊の剝身と葱・豆腐を、さっとうす味に煮こんだもので、
「これはよい」
嶋岡礼蔵はうれしげに、なつかしげに、
「いかにも江戸だな。むかしをおもい出す」
と、いった。
「先生。父をよんでまいりましょうか？」
「なぜに？」
「どのように、よろこびますことか……」
「ずいぶんと会わぬ。三十年になるかの……」
「なればこそ、父も……」
「さて……三十年の歳月が、むかしにもどろうか、な」
「大治郎も、いまにわかる」
「さようでしょうか？」
「と、申しますのは……？」
「三十年前。辻平右衛門先生が、江戸を去って大原の里へ引きこもられた折、小兵衛

殿とわしの、剣士として進むべき道が別れた。小兵衛殿は時代のながれに沿うて剣をつかい、わしは、その時流から外れて、年少のころからの剣の道へとじこもってしまった……わしは、剣士として足をふみ出したときのまま、いささかも変らぬ男なれど……さて、大治郎。おぬしは、これより先、どのような道をたどることになろうか……」

 礼蔵は、茶わんの酒をしずかにのみほし、
「なればこそ、見よ。六十に近くなって尚、二十年前の敵と勝負を争うため、はるばると江戸へ出て来るのだ。このような老人を、小兵衛殿が見たら、なんとおもうだろう」

 くつくつと、嶋岡礼蔵は笑い出している。
 無邪気な笑顔であった。おのれを恥じているのでもなく、小兵衛を詰っているのでもない。
「あの、柿本源七郎は、越後・新発田の藩士で柿本伊作という仁の弟に生まれ、二十年前のそのころ、江戸でも評判が高かった市ケ谷の太田孫兵衛道場で、それと知られた剣士であった」

 礼蔵は淡々として、
「若く、生気にみちみちていたな。あのころの源七郎は……肩で風を切って、われら

の道場へあらわれ、平右衛門先生に立ち合いを申しこんだ」

大治郎は、かたずをのんだ。

らも、かつてきいたことのないはなしなのである。

「折しも、小兵衛殿は他行中でな。老師・辻平右衛門からも、礼蔵からも、父・小兵衛か であった。さよう……先生の前に、わしが出た。出て、ひと撃ちに打ち倒した」

その折、二十四歳の柿本源七郎は、太田道場の門人・四人をしたがえてあらわれ、

さびれてはいるが〔名門〕の辻道場を一気に、

「叩きつぶしてくれる」

と、乗りこんで来たのであった。

辻平右衛門は、二人の試合を見ることもなく、居間で読書にふけっていたという。

さて……。

嶋岡礼蔵と柿本源七郎は、作法どおり一礼し、立ちあがった。

立ちあがった転瞬に……。

柿本の木刀は道場の天井へはね飛ばされ、木刀を失った柿本の右腕を、礼蔵の木刀が軽く叩いていたのである。

柿本は顔面蒼白となり、立ちつくしたまま、しばらくはうごかなかった。

同門の四人を引きつれ、気負いこんであらわれただけに、主の辻平右衛門が出るま

でもなく、門人の嶋岡礼蔵から、
〔子どもあつかい〕
にされたのでその敗北感は層倍のものとなった。
ややあって柿本源七郎は面をあげ、十年後に真剣での立ち合いを、礼蔵へ申しこんだのであった。
「心得た」
礼蔵は、すぐさま受けた。
これよりのち、柿本は太田道場を去り、姿をかくしてしまった。
そして、十年後の筑波山での立ち合いは、激烈な双方の打ち込みがあったのち、二刻にわたってにらみ合い、双方とも闘う気力も体力も消耗しつくし、どちらからともなく刃を引き、さらに十年後を約したのだ。
と、いま、嶋岡礼蔵は、冷えた酒をすすりながら、秋山大治郎に語るのである。
「二十年前に、源七郎がわしを打ち破っていたなら、そのまま太田先生の道場を受けつぎ、源七郎はいま、江戸で屈指の剣客となり果せたやも知れぬ」
「源七郎の修行は、凄まじいものであったにちがいない。あの男は、わし一人を倒さんために、二十年を世に埋もれたままにすごしてきた。わしも、そうした柿本源七郎のために我が身を養い、修行をかさね、今日に至った。なれど……」

いいさして、礼蔵は茶わんへのばしかけた手をとめ、
「今度は、かなうまい。わしも老いたゆえ……なれど、源七郎に討たれるは本望」
と、いった。
大治郎は沈黙したまま、礼蔵の飯茶わんへ麦飯をよそった。
夜がふけて、床へつく前に嶋岡礼蔵は包みをひらき、一ふりの脇差(わきざし)を「形見だ、わしの、な」と、大治郎へ贈った。
越前守(えちぜんのかみ)藤原国次(くにつぐ)一尺五寸余の銘刀であった。
「たとえ、柿本源七郎に打ち勝ったとしても、大和へ帰れば、おぬしとも二度と会えまい」
「このような、名刀を……」
「受けてくれるか?」
「か、かたじけなく……」
「ありがたい。その国次は、平右衛門先生よりちょうだいしたものだ。おぬしの手に残しておきたかった」
気がつくと、こもるともなき雨の音が、部屋の内にこもっていたのである。

朝になると、雨はあがっていた。

啞の女房が仕度してくれた朝餉を食べ終るや、

「日暮れまでには、もどる」

といいおき、嶋岡礼蔵は何処かへ出て行った。

むかし、故辻平右衛門が上方から大和を巡り歩いたとき、芝村の大庄屋・嶋岡家へ逗留し、その折、十七歳の嶋岡礼蔵は平右衛門の人柄を慕って入門し、共に江戸の道場へ来た。

そのときより、老師につきそって大原へ去るまでの十年。礼蔵は江戸に暮していたのだから、いろいろとおもい出がふかいのであろう。

（今日は嶋岡先生、むかし辻道場があった麴町のあたりへでも、足をはこばれるのではないか……）

畑道を大川の方へ遠ざかって行く礼蔵の後姿を見やりながら、大治郎はそうおもった。

編笠をかぶり、すっきりと背すじをのばして歩む礼蔵の姿勢は、

五

（十年も前と、すこしも変らぬ）
のである。
　五十七歳の老人とは、とうていおもわれなかった。
　それにくらべると、礼蔵より三つ年長であるにしても、
（父上は、ずいぶんと老いたものだ）
と、おもわざるを得ない大治郎であった。
　大原からもどって、半年ほどは父の手もとにいた大治郎だが、間もなく江戸を発し、諸国をまわっての修行に入った。この間の入費は、すべて父が出してくれたのである。
　そして去年の早春に、久方ぶりで江戸へ帰って見ると、父・小兵衛は、もうすっかり楽隠居の暮しぶりで、歩きぶりも何となく、よぼよぼして見えるではないか。
　しかも、孫のような百姓むすめに手をつけ、どこから金が入ってくるのか知らぬが、気まま暮しに日を送り、めったに大刀を帯びたこともないほどだ。
　秋山小兵衛が、女武芸者・佐々木三冬の一件にかかわる異変へ割って入り、無頼剣客どもを打ち倒した姿を、大治郎は見ていず知っていない。その事件がもともとは自分から出たことも、忘れかけていた。小兵衛は、この正月に大治郎が年始にあらわれたとき、何も語らなかった。おはるさえも知らないことなのである。

旧臘（きゅうろう）……

さて……。

嶋岡礼蔵を送り出してから、大治郎は妙に落ちつかなくなってきた。

礼蔵は、

「死に水をとってくれるだけでよい」

と、それのみしかいわぬ。

二十年前に、只ひと撃ちに倒した相手は、それから十年を経たいま、相手はさらに力量を増しているであろう。それに引きかえ礼蔵は、大和・芝村の郷里へもどり、おだやかな日々を送りつづけてきた。年齢の上でも、十余のひらきがある。

嶋岡礼蔵が敗北を覚悟し、二十年にわたって自分ひとりを目標に生きつづけて来た柿本源七郎に討たれることを、

(むしろ、のぞんでいるように……)

おもえるのだ。

それほどの相手であるから、立ち合いは正々堂々とおこなわれるにちがいない。

相手方の助太刀に対する配慮は、先ず考えなくともよい、と、大治郎はおもった。

日時は、明朝の六ツ(午前六時)である。

場所は、麻布の光林寺門前。そこで双方が落ち合い、つきそい人二名と共に広尾の

原へおもむき、勝負を決することになっていた。

大治郎は、いつものように十五坪の道場を清掃しはじめた。掃き、ぬぐう。そのうごきの中にも〔無外流〕の整息術がふくみこまれてい、手足や腰の動作も、その呼吸と一体にならねばならぬ。父の小兵衛は、これを大治郎が幼年のころから仕込んだものだ。剣士にするためというよりも、

（ひとり息子の肉体を丈夫なものにしたい）

からであった。だからもう二十年近くも、大治郎は家の内外の掃除による鍛練をしつづけている。無意識のうちに呼吸と動作が一致してしまうのが常である。

しかし、今朝はおもうようにゆかなかった。

掃除を終り、道場へ立った。

父からゆずりうけた井上真改二尺四寸五分の銘刀をぬきはらい、裂帛の気合と共に打ち振ってみたが、やはり没入することができなかった。

昼すぎになって……。

秋山大治郎は、家を出た。

大川（隅田川）を東へわたり、鐘ケ淵の父の家へ向い、堤の道から、松林の彼方のわら屋根をのぞんだが、

（さて……嶋岡先生のことを、父に告げてもよいものか、どうか……？）

と、ためらわれた。

嶋岡礼蔵は「無用」と、いった。

そのことばを、無視するわけにはゆかぬ。

(だが……気にかかる)

のである。

もしも、

(嶋岡先生が、柿本に打ち斃されたときには……)

その場で、自分が柿本へ真剣の立ち合いをいどむべきか、どうか……。

(嶋岡先生につきそって行けば、おれはきっと、立ち合いを申しこむだろう。申しこまずにはいられなくなるにちがいない)

それが正しいことかどうか、

(父に、ききたい)

のであった。

どうも今朝から、

(おれは、先生が負けたときのことのみを考えつづけている。不吉な……)

舌うちをもらし、大治郎は踵を返した。

かといって、わが家へもどったのではない。

当所もなく、大治郎は歩みはじめた。
雲間からうす陽がもれている。
ものの芽の息吹きが、其処此処に感じられた。
(このようなときに、胸がさわぐとは……おれも、まだまだ、未熟なのだ)
つくづくと、そうおもう。
秋山大治郎は、それから何処をどう通って行ったか、よくおぼえていないが、気づくと、亀戸天神の境内にいた。
(これは、いかぬ)
嶋岡礼蔵が帰って来る前に、風呂をたてておかねばならぬ。たいせつな試合の前夜に、せめて魚の一尾なりと膳につけたかった。
急いで大治郎は引き返した。
だが、またも足が、父の家へ向ってしまうのである。
堤の道を下ろうとしたとき、父の家から出て来たらしい若者を見て、さすがの大治郎も瞠目した。
ぬれぬれとゆいあげた若衆髷に、薄むらさきの小袖、細身の大小……あまりにも美しい少年武士であったからだ。
これが、女武芸者・佐々木三冬の男装だとは、大治郎まったく気づかなかった。

堤へあがって来て、三冬は大治郎に気づき、にらむように見すえた。濃い眉があがり、美しい顔へ血がのぼっている。

（何者か……？）

いぶかしげに見返す大治郎へ、三冬が、きめつけるようにいう。

「何ぞ、用事か？」

「いや、別に……」

「では、なんで私を見つめる？」

「これは失礼」

佐々木三冬は軽侮の表情を露骨にしめし、颯爽（さっそう）として堤を遠ざかって行く。

（おかしな若者だ）

しばらく三冬を見送っていた大治郎が、意を決したように堤を下り、松林をぬけて、小兵衛の家の裏手へまわった。

おはるの泣き叫ぶ声がきこえたのは、このときであった。

（や……？）

大治郎は、足をとめた。

狂乱のごとく、おはるは泣きわめいてい、それを小兵衛の声が甘やかになだめてい

そのうちに、泣き声が熄（や）み、何やらいうおはるの鼻声がきこえたとおもったら、

かぶりを振って、大治郎が、

（わからぬ。何も彼（か）も……）

父の家へ入るのをあきらめ、今度は、はっきりと決まった足どりで堤へあがって行った。

　　　六

渡し舟で大川をわたりもどった秋山大治郎は、橋場の町外れをながれる思川（おもいがわ）をわたり、真崎稲荷社（いなりしゃ）の杜（もり）を右手にのぞみつつ、小川のながれに沿って行く。

前方は、いちめんの田地で、それが春田（はるた）だけに一層ひろびろと感じられた。

土のにおいの濃い田面に、夕闇（ゆうやみ）が這っていた。

北側の田面に、大治郎の家へ通ずる小道がついている。このあたりは近くの総泉寺（そうせんじ）の土地で、小兵衛が買い取り、息子のために改造してやった家には、以前、総泉寺の田畑にはたらく百姓たちが住んでいたものであった。

田の中の小道が、ゆるくのぼって行くにつれ、大治郎の家が姿をあらわす。

正面に道場。その右手に住居の勝手口が見え、石井戸が見える。

家の背後から左手にかけては、松と欅(くぬぎ)の林である。

石井戸の端に、人影が立っていた。

(や……嶋岡先生がもどっておられる)

大治郎が足を速めたとき、井戸端で顔を洗っていた嶋岡礼蔵も大治郎に気づいたらしく、右手をあげ、何か呼びかけ、二歩三歩と大治郎を出迎えるかたちで近寄って来た。

実に、この瞬間であった。

夕闇を引き裂いて疾って来た一すじの矢が、嶋岡礼蔵の胸板へ突き立ったのである。

「あっ……」

叫んだのは、礼蔵か大治郎か……。

猛然と走り寄った秋山大治郎が抜き打ちに、二の矢を切りはらい、ちらと礼蔵を見返ったが、すぐに、地を蹴って道場左側の木立へ突進した。

三の矢のうなりがきこえた。

同時に、大治郎は木立の中へ躍りこんでいる。

顔を布でおおった細い人影が、弓を投げ捨てるのが木陰に見えた。

「何者だ？」

ぴたりと足をとめて、大治郎が誰何した。

誰何しながらも、夕闇の中に身を屈め、大刀をぬきはらった人影が、だれであるかを、大治郎はほとんど察知した。

昨日。西光寺裏の柿本源七郎宅で見た、あの若者なのだ。

（あの若者は、見事に、弓を引いていた……）

身を沈めざま、大治郎が怒りに燃えて突き進んだ。

若者は完全に圧倒され、

「あ……あぁっ……」

低く叫び、身を返して逃げんとするとき、秋山大治郎の井上真改がきらりと閃いた。

若者の悲鳴があがった。

若者の右腕が大治郎の一刀に切断され、宙にはね飛んだ。

二の太刀を振りかぶった大治郎の耳に、石井戸のあたりでの絶叫がきこえた。

（や……？）

それが、嶋岡礼蔵のものなのか、どうか……。

これ以上、大治郎としては若者を追うわけにはゆかぬ。井戸端の礼蔵を別の刺客が襲っているのではないか……。

若者は、右腕を切られて尚、まるで鼯のごとく逃げた。

大治郎が身をひるがえして木立を出たとき、嶋岡礼蔵が石井戸の前に片ひざをついているのが眼に入った。

その傍に、黒い影が一つ、倒れ伏していて、別の二人の覆面の男が礼蔵へ刃を突きつけていた。

「先生……」

嶋岡礼蔵は胸に矢を受けたまま、腰の脇差で一人を斬って斃し、他の二人をぴたりと押えていたのである。

一気に大治郎が駆け寄るのへ、礼蔵を捨てた二人が刃をまわし、左右から切りつけて来た。

突風のように駆けて来た大治郎の足が、ぴたりと止った。

転瞬、大治郎の腰がきまって、左手の一人が刀を落し、声もなく崩れ折れている。

「たあっ‼」

残る一人がまわし斬りに打ちこんで来たとき、大治郎は、その刃風を顔にうけつつ、大きく左足を引きざま、

「む‼」

下から、曲者の喉からあごへかけて、はね斬った。

そやつが転倒するのを見向きもせずに、大治郎が、
「嶋岡先生……」
駆け寄ったとき、嶋岡礼蔵の立てていた片ひざが崩れ、堅く引きしまった礼蔵の筋骨が大治郎の両腕へもたれこんできた。
矢は、深ぶかと礼蔵の胸へ突き通っている。
「せ、先生……」
「む……」
うなずいた礼蔵の老顔は、濃い夕闇に表情がさだかではなかったけれども、大治郎へ笑いかけていたようである。
「これまで」
はっきりといった。この一語が嶋岡礼蔵の最後の言葉だったのである。
百姓の唖の女房は、おどろきのあまり、勝手口のところで気をうしなっていた。
嶋岡礼蔵は、息絶えている。

　　　　　七

夜ふけてから……。

秋山小兵衛・大治郎父子が、矢の突き立ったままの嶋岡礼蔵の遺体を寝棺に入れ、これを荷車に乗せ、西光寺裏の柿本源七郎宅へあらわれた。

予期したごとく、かの若者は出て来なかった。

小兵衛が門の扉を叩き破り、さらに入って玄関の戸をも蹴破（けやぶ）った。

「大よ。ゆだんすな」

いいざま、小兵衛は革紐（かわひも）をたすきにかけた。電光のごとき手さばきであった。

「お前は、礼蔵の遺体から、はなれるなよ」

「はい」

柿本源七郎が玄関へあらわれた。

大刀をぬきそばめ、柱を楯（たて）にとって「名乗れ」と、いった。

「そちらこそ、名乗れ。柿本源七郎か？」

「いかにも」

「われらは、おのれの手の者が卑怯（ひきょう）にも射かけた矢をうけて死んだ嶋岡礼蔵の知り合いの者じゃ」

「な、なんと……？」

柿本の、愕然（がくぜん）たる声をきいて、小兵衛と大治郎が顔を見合せた。

浮腫（むく）みきった肥体が闇から浮いて出た。あえぎがいかにも苦しげであった。

（これが、柿本……？）

秋山父子も、その意外さに、またも顔を見合せたのである。

寝棺が荷車から下ろされ、柿本源七郎は、嶋岡礼蔵の遺体と、その胸に突き立っている矢を見るや、瘧のごとくふるえはじめた。

「さ、三弥の仕わざか……」

と、柿本はうめいた。

「おぼえがあろう？」

「ござらぬ。なれど、まさに、矢を射かけたは、拙者の門人・伊藤三弥に相違、ない」

「うぬ」

大治郎が刀の柄へ手をかけると、小兵衛がこれを押えた。柿本のいうことに嘘はない、と見たからであろう。

「嶋岡殿。ゆるされい」

柿本源七郎が、なんとも形容のつかぬ異様な声で、遺体にいいかけたかとおもうと、

「う、うう……」

柿本の断末魔の、うなり声が起った。

一年ほど前から急激に悪化した心ノ臓を、柿本源七郎は差しぞえの小刀で突き刺し

たのである。

　　　　　○

数日後。
浅草・今戸の本性寺の墓地へ仮埋葬した嶋岡礼蔵の遺体に、秋山父子は線香をささげていた。
本性寺には、秋山小兵衛の妻で、大治郎の母でもあるお貞の墓がある。そのとなりに礼蔵の白木の墓標があった。
「伊藤三弥という若者は、もしやすると、柿本源七郎の色子の役をも、つとめていたものか……」
と、小兵衛がいった。
「伊藤三弥は、柿本の実兄がいまも奉公をしている新発田藩の、江戸屋敷詰めの御用人・伊藤彦太夫殿の三男とか……」
大治郎がいうのへ、小兵衛は、
「そのあたりから、おそらく柿本を、庇護していたものだろうよ。三弥は、いまだに行方が知れぬ。大よ。お前も覚悟しておけ。伊藤三弥はお前に右腕を断ち切られ、しかも、肌身をゆるした師匠の柿本源七郎をも死なせる羽目となった。そのうらみは深

「いぞよ」
「…………」
「剣客となったは、お前がえらんだことじゃ」
「承知しています」
「剣客というものは、好むと好まざるとにかかわらず、勝ち残り生き残るたびに、人のうらみを背負わねばならぬ」
 いいさして秋山小兵衛は、嶋岡礼蔵の墓標をつくづくとながめ、その視線を亡妻・お貞の墓へ移し、
「この寺に、お貞の墓があることを、礼蔵は知っていたはず」
 しずかに、いい出した。
「は……?」
「この寺の、この、お貞の墓の前へ、江戸へ来た礼蔵は、きっとあらわれていたろうよ」
「なんと申されます?」
「お貞は、お前も知っているように、伊勢・桑名の浪人、山口与兵衛のむすめで、亡き辻平右衛門先生の身のまわりの世話をしていた」
「存じております」

「そのころのお貞を、わしと礼蔵が、わがものにしようとした。そして、わしが勝った」
大治郎は、凝然となった。
「そのときから、わしと礼蔵の道が別れたのじゃ」
大治郎に背を見せ、歩み出しながら、秋山小兵衛が、
「さて……大和の、礼蔵の実家へは、どのように、この始末を知らせたらよいものか……やはり、わしの手紙を、お前に持って行ってもらうのが、いちばんよいかも知れぬ。どうだ大治郎。行ってくれるか、大和へ……」
「……まいります」
「たのむ」
あたたかい曇りの日である。
どこかで、春雷の鳴るのがきこえた。
「それにしても、よ」
小兵衛が、むしろ哀しげに、
「柿本源七郎というやつ。あれだけ、心ノ臓を病みながら、とうてい勝てまい、礼蔵との誓約を果すつもりでいたのだ。柿本のほうでも、おそらく、

だろうよ」
と、いった。

芸者変転

一

「いいえ、それが……こんなことを申しあげるのは先生だからのことで……ですから先生。このことは、どこまでも内密にしておいていただかないと、困るんでございますよ」

座敷女中のおもとが、秋山小兵衛に酌をしながら、
(どうにも黙ってはいられない。このことをだれかにしゃべってしまわなくては落ちつかない)
といった様子で、語りはじめた。

小兵衛がなじみの料亭、浅草・橋場の〔不二楼〕の奥座敷においてである。

三日前の昼下りに……。

おもとは、不二楼の料理人・長次と、いま小兵衛がいるこの座敷で、あわただしく

「ほほう……」

盃の手をとめ、秋山小兵衛が、女ざかりの凝脂がみなぎりわたっているおもとのえりあしから喉もとのあたりへ、じろりと視線を射つけた。

「いやな、先生。そんな目つきをなさると、もう、はなしてあげませんよ」

「いや、ごめん。さて、それからどうしたえ？」

「そこへ、急に、お客が見えたんでございます。ほんに、びっくりいたしました」

「長次の面が見たかったな、そのときの……」

母屋から渡り廊下をへだてた別棟の上下に合わせて二部屋。おもとと長次が母屋の廊下で出合いがしらにしめし合せて入りこんだのは階下の奥庭に面した座敷であった。

そこへ、それとも知らずに座敷女中のおかねが二人の客を案内して来たのである。

束の間の嬌曳ながら、二人とも無我夢中でいただけに、渡り廊下を近寄る足音をきいて、はっと身を起したときには逃げ出す間がとれなくなっていた。

不二楼は、使用人たちのこうしたふるまいにきびしい。見つかったら大変なことになる。

「は、早く……」

おもとは、はだけた胸もとからこんもりとした白い乳房がのぞくのもそのままに長

次の腕をつかみ、袋床に接した障子を開けて外へ出るや、す早く障子をしめた。

外といっても屋外ではない。畳二つを縦にならべたほどの小さな土間で、土間の向うに、奥座敷専門の雪隠（便所）がついている。

おもとが長次と共に、雪隠へ飛びこんだとき、女中のおかねが入って来て、すぐさま奥庭に面した障子を開けはなった。おかねは中年の大女で、あまり気がつくほうではない。もしも神経のゆきとどいた女中であったら、座敷の内にこもる男女一人のにおいに気づいたことであろう。

奥庭は、春光うららかなものであった。

そこへ、二人の男の客が入って来た。

一人が、

「障子は、しめておいてもらおうか」

といったのへ、別の一人が、

「なあに、内密ばなしをするときには、却って開けっぴろげておくものさ」

妙にやんわりというのが、雪隠の中で息を殺しているおもとと長次の耳へ入った。

その声の主は、不二楼へも何度か来たことのある山田勘介という、五十男の御家人なのである。

山田勘介は将軍の家来の中で、もっとも低級な三十俵二人扶持の御家人である。御

役にもつけぬし、天下泰平の世に邪魔者あつかいをされながら俸給をもらい、外出《そとで》にも、
「あんな重い物は、まっぴらだ」
とばかり、大小の刀を腰へ帯びることも忘れている連中の一人であった。
住居は、本所三ツ目にあり、毎日することは酒と博奕のみという暮しを、勘介は、もう三十年も送ってきている。
本所や深川の無頼どもを引きつれ、何か嗅《か》ぎつけては諸方へ強請をかけることなど、
「朝めし前」
であった。
不二楼へあらわれても、以前は飲み倒し食い倒して、そのあげくにいくらかの金を亭主から巻きあげて去る。
こうした「鼻つまみ」の御家人は、いまの世に掃いて捨てるほどいるのだ。
「それが、先生。去年の夏ごろから、山田勘介のやつ、妙に金まわりがよくなったと見え、ここへ来ても、ちゃんと勘定をして行くようになったんでございます」
「ほほう……」
「女中たちへも、〔こころづけ〕を忘れませんし、服装《みなり》も急によくなりまして……」
「なるほど」

「ともかく、気が気じゃあございませんでした」
　雪隠の中で長次と抱き合ったまま、緊張しきっていたおもとゆえ、低く語り合っている二人の声はきこえても、言葉はしかとわからなかったが、そのうちに山田勘介が高笑いをして、
「なあに、案ずるな。相手は将軍家お傍近くにつかえる御側衆の石川甲斐守だ。うかつなまねをして、このおれさまに嚙みつかれたら飛んでもねえことになるわさ」
といったのが、はっきりと、おもとの耳へ入った。
　すると、別の客が、
「それにしても、これは⋯⋯」
　何か、ためらうようにいいさすのへ、勘介が押しかぶせて、
「まあ、まかせておけ。こいつは百や二百じゃあ、すまねえぜ」
　自信たっぷりにいったそうである。
　そこへ、おかねが酒をはこんで来た。
　山田勘介は、おかねに「こころづけ」をわたし、風呂の仕度を命じた。
　それから二人が風呂場へ去るまでの間、おもとは「生きた心地もしなかった」そうな。それというのも、二人の密談を盗み聞いてしまったからだ。
　おもとのはなしは、これだけである。

二人が入浴に去ったあとで、おもとと長次は雪隠を出て、渡り廊下から奥庭へ飛び下り、あわてて右と左へ逃げ隠れたのであった。

秋山小兵衛は、冷えた酒をしずかに口へふくみ、

「その、無頼御家人め、石川甲斐守様を強請にかけようというわけだな」

「その、石川なんとやらさまは、山田の勘公に、ゆすられる種でもあるのでございましょうか？」

「あるから、ゆするのだろうよ」

「はい。そりゃまあ……」

「お前も、わしに打ちあけて、せいせいとしたろう。女というものは内密ごとをそのままにしてはおけぬ生きものゆえ、な」

「まあ、いやな……でも、すっきりといたしました」

山田勘介といっしょに来た客は、きちんと羽織・袴をつけた侍で、二十七、八歳に見えたという。顔色が冴えていず、おもとは彼が勘介と共に帰るところを見た印象を、

「労咳（肺病）でも病んでいるのじゃないかと、そうおもいました」

と、小兵衛に語った。

小兵衛は不二楼を出るとき、おもとに、

「長次に口どめをしておけ。これはうかつにしゃべれぬことだぞ、よいか」

まじめ顔に釘をさすと、おもとは青くなり、ふるえあがった。
淡く春の夕闇がただよう大川（隅田川）を、渡舟でわたりながら、
（こいつ、おもしろい）
あらためて事態を考えてみた。
くわしいことはわからぬが、山田勘介ほどの無頼が、御側衆の石川甲斐守へ強請を
かけようというからには、よほどによい種があるにちがいない。
御側衆は、将軍側近にあって御用取次をうけたまわる秘書官または補佐官のような
重職で、これを支配するのが、いわゆる〔御側御用人〕である。
御用人は、将軍の身辺に絶えずつきそい、その権力は絶大なものがあり、幕府閣僚
たる老中・若年寄といえども、その勢威を侵しがたい。
しかし、いまを時めく老中・田沼意次は、この御側御用人を経て、老中に昇格した。
それだけに田沼の勢力は、現・御側用人、御側衆にもおよんでいる。
ところで、石川甲斐守貞正は八千石の大身旗本であって、こうなると、何事にも
〔大名なみ〕といってよい。
石川甲斐守は、前に書院番頭という御役目についていた。将軍護衛の士をひきいる
大事の役目だが、去年の春に甲斐守は御側衆へ昇進した。
これは、田沼老中の引き立てによるものであり、それほどに甲斐守にとっては、

「かたじけなきこと」
なのである。すなわち、御側衆の一人として才能をみとめられ、将軍の眼がねにかなえば、側用人にも大名にも取り立てられる機会を、
「つかめぬものでもない」
からであった。
それゆえに、いま、石川甲斐守（おおやけ）が、たとえ理由が何であれ、山田勘介ごとき無頼御家人にゆすられたりしたことが公（おおやけ）にひろまったなら、甲斐守にとって、
「取り返しのつかぬこと」
になるは必定（ひつじょう）であった。

二

それから、三日ほどすぎた。
このところ秋山小兵衛は、朝飯をすませてから、おはるの船頭で大川をわたり、今戸の本性寺にある同門の旧友・嶋岡礼蔵（しまおかれいぞう）の墓標にぬかずき、ついでに亡妻お貞の墓を掃除したりしてから、近くの息子・大治郎の道場を、見まわるともなく見まわるのが日課のようになってしまった。

礼蔵と柿本源七郎の真剣試合が、あのような結果になったのち、大治郎は礼蔵の故郷である大和・芝村へ、その遺髪と父・小兵衛の手紙をたずさえおもむいたのである。

芝村には、礼蔵の実兄で大庄屋の嶋岡八郎右衛門がいる。

ほんらいならば遺体をとどけるべきであろうが、なにぶんにも大和の国は遠い。それに嶋岡礼蔵は試合にのぞむ二日前の夜、大治郎へ金十両をわたし、こういいのこしていた。

「わしが死んだのち、大和のほうへは手紙で知らせておいてくれればよい。わしが兄へ、そのようにいいふくめてきた。なれど遺体のみは、むかしのよしみに、この金で、おぬしが始末をしてくれい」

そこで秋山父子は、礼蔵の遺言にしたがうことにした。だが試合の状況というものが、あのように異常な結末をよんだ以上、

（手紙だけではすまされぬ……）

気もちになった大治郎が、遺髪をたずさえて大和の嶋岡家をたずねることになった。

ところで、自殺をとげた柿本源七郎は越後・新発田の藩士、柿本伊作の実弟であったから、打ち捨ておくわけにもゆかぬ。

小兵衛は、新発田藩邸へ出向き、柿本伊作に会って事情を語ると、伊作は、

「弟も剣客でござる。おもい残すことはござるまい。御丁重な御あいさつにて、いた

み入り申す」

と、物の道理のわかった応対ぶりで、すぐさま、麻布・西光寺裏の家に秋山父子が安置しておいた弟・源七郎の遺体を引きとって行った。

大治郎と同じ新発田藩の用人・伊藤彦太夫の三男である三弥は、依然、行方不明である。

柿本に右腕を切断された伊藤三弥については、柿本伊作が、

「それがしより、伊藤彦太夫様へ申しつたえておきましょう」

と、小兵衛にいってくれ、その後、別に音沙汰もなかった。

（三弥と申す若者。まさかに、死にはすまい）

それだけに、小兵衛は気がかりなのである。

剣客として世に立つ以上、こうしたことは避けられぬことだし、小兵衛自身、これまでに何人もの相手に傷を負わせ、斬って殪してきた。

それらの人びとの怨恨は、

（勝った者が、何らかのかたちで負わなくてはならぬ）

ものなのだ。

それが、剣客の宿命であるけれども、

（ああ……せがれも、こうして一つ一つ、これから先、打ち負かした相手の怨恨を背負って行くことになるのか……）

それをおもうと、父親として、憮然たるものがないでもない。
(色子の執念は、根深いものだそうな……)
なにしろ伊藤三弥は、師匠であり、同性の愛人でもあった重病の柿本源七郎を未然に救わんとし、巷の無頼剣客を金で雇い、おのれは得意の弓矢をもって、あれほどの名手・嶋岡礼蔵を卑怯な手段ながら、一矢で仕留めたほどの若者なのである。
秋山小兵衛は、
(どうも気になる。その弓矢というやつが……どうぞして、せがれめに害をなさねばよいが……)
と、本性寺へ詣でるたびに、そのことがおもい浮かんでくるのであった。
だからこのところ、小兵衛はあまり、たのしげな顔つきではないはずだ。
それに加えて、このごろは、女中のおはるが朝に夕に、
「祝言をしてくれ」
と、せまるのである。
女武芸者・佐々木三冬の、六十歳になった秋山小兵衛へ対しての思慕が濃く深くなるにつれ、おはるは気が気ではなくなってきた。三日に一度は家へあらわれ、小兵衛のもとで一刻(二時間)ほどをすごして行く三冬は、おはるの存在など、歯牙にもかけぬ。

小兵衛も、このごろでは三冬との雑談をたのしむようになってきた。三冬が〔四天王〕と共に経営している井関道場のはなしや、江戸市中の見聞やら、佐々木三冬の話題はなかなかに豊富なのだ。

それに、三冬は女ながら相当の剣士であるから、剣談になるとつぎからつぎへはなしがうつり、熱してきて、小兵衛もついついひざを乗り出すことになる。

三冬の、情熱にうるんだ双眸がひたと小兵衛を見つめ、男装の下から二十の処女の生身が急に匂い立つとき、小兵衛も、

（こりゃ、めんどうな……）

おもいはしても、悪い気もちではない。

「いや。あんな男みたいな女、もう寄せつけないで下さい」

と、おはるが怒り、拗ね、あげくは関屋村の実家へ帰ってしまうのである。のこのこと出迎えに行き、なだめすかしてつれ帰るのである。

「わしはな、あの女武芸者を、ただ、おもしろいやつ、と見ているだけなのだよ、おはる。お前が心配をするようなことには決してならないのだから、よいではないか」

「それなら心配をして。夫婦になって下さい、先生」

「祝言をすれば、三冬がたずねて来てもいいかえ」

「ええ。それならいい」

それで、大治郎が帰って来たら祝言をしよう、といってある。おはるの搗きたての餅のような肌身を手ばなすつもりはない。われながらふしぎなほどの男のちからで、二十のおはるを愛撫することに、小兵衛は余生をかたむけるつもりになっていた。

（それにしても、この年齢になって……）

孫のような女ふたりに、もてはやされようとは小兵衛、おもってもみなかったことだ。

それやこれやで小兵衛は、不二楼のおもとからきいたあのはなしを、忘れるともなく忘れていたわけだが……。

それからまた四、五日がすぎた或る日の午後。

ふりけむる雨の中を、小兵衛の家へたずねて来た中年の侍がある。

岸井甚平といい、小兵衛が四谷で道場をひらいていたころの門人で、羽州・松山二万石の大名、酒井石見守忠休の家来であった。

岸井は、小兵衛が鐘ケ淵へ隠宅をかまえてからも年に一度は必ず、手みやげをたずさえて、きげんうかがいにやって来る。剣術のすじは鈍くて、すこしも上達しなかった男だが、

「あの男。人柄は、きわめつきじゃ」

と、いつか小兵衛が、大治郎に語ったことがある。
「先生。御無沙汰をつかまつりました。いつもながら御健勝にて、甚平うれしゅう存じます」
にっこりと、ものやわらかな岸井甚平のあいさつを、
「ありがとうよ。お前さんも元気でけっこう、けっこう」
と、小兵衛もたのしげに受けた。
おはるは、実家へ新鮮な野菜を取りに行っていて、小兵衛ひとりが、刀の手入れをしているところであった。
岸井甚平は、酒井家の御留守居役をつとめている。
この役目は、幕府と自藩、他藩と自藩との交際・連絡にあたる重要な役目で、一藩の外交官として、人柄も頭脳もずばぬけていなくてはとうていつとまらぬ。
役目柄、交際費もたっぷりとつかえるし、まことに派手やかな存在でもある。
このような役目をつとめる男が、三年も剣術の稽古をしたのは、めずらしいこととといえよう。
「間もなく女中が帰って来る。それまでは、これでもやっていてくれ」
小兵衛が台所から冷酒を持って、庭に面した座敷へもどって来ると、
「先生。お酒を頂戴いたします前に、実は……」

岸井甚平が、ぴたりと両手をついたものである。
「どうした？」
「実は先生。折入って、御相談にあずかりたく……」
「ふうん……いったい、何のことだえ？」
「はっ……」
「いいにくいことなのか？」
「申しあげにくくとも、ぜひにも御意見をうけたまわりたく……」
「たいそうに、買ってくれたものじゃな」
「恐れ入ります。実は……実は、私の従兄(いとこ)にあたります入江金右衛門と申す者。将軍家・御側衆のひとり、石川甲斐守(かいのかみ)様の奥御用人をつとめおりまして……」
「ふうむ……」

このとき、秋山小兵衛の両眼が、針のように光った。

八日ほど前の不二楼で、座敷女中のおもとからきいた〔あの一件〕を、秋山小兵衛は久しぶりでおもい出したのであった。

半刻(はんとき)（一時間）ほどして、岸井甚平は帰って行った。

ほとんど、入れちがいにもどって来たおはるが、座敷に置いたままの茶わんやら小皿を見るや、

「先生。また、あの女の剣術つかいが……?」

いいかけるのへ小兵衛は、

「ばか。酒をのんでいたのだ、別の客じゃよ」

「そういえば、そうのような……」

「のう、おはる。このところ、この家の金箱も底が見えてきて、ちょと、心配だったが……いまな、うまいはなしが舞いこんできたぞ」

「あれ、よかった。お金が入るんですか、先生」

「うまくゆくと、入る、やも知れぬ。ま、たのしみにしておいで」

　　　　三

　その翌日。雨はあがった。

　午後になってから小兵衛は、自家用の小舟をおはるにあやつらせて大川をわたり、橋場から徒歩で、浅草・並木町の料理屋〔巴屋〕（ともえや）方へ出向いて行った。

　巴屋の二階奥座敷に、昨日、小兵衛をたずねて来た岸井甚平が、品のよい六十がみの老武士と共に小兵衛を待っていた。

「はじめてお目にかかりまする。私めは、これなる岸井甚平が従兄（いとこ）にて、入江金右衛

門と申しまする」

老武士は、いんぎんにあいさつをし、

「お駕籠をさしあげるつもりでおりましたるところ、先生には、お拾いにてお見え下さるとのことにて、まことにはや、恐縮いたしました」

さすがに大身旗本の奥用人らしいことばづかいであった。

将軍・徳川家治の側近くつかえる八千石の大身旗本・石川甲斐守には、家来から中間、腰元から下女、小者をふくめると百人をこえる奉公人がいる。本邸のほかに抱え屋敷（別邸）もあるし、屋敷内も大名なみに、表と奥が厳然と区別されてい、表はすなわち公の屋敷。奥は奥方をはじめ、同家の子女から腰元にいたる女の世界となっている。

奥御用人の入江金右衛門は、この〔奥向き〕の庶務をつかさどる重要な役目を曽祖父の代からつとめているそうな。

「甚平は、私の母方の伯母が子にござりまして……」

いいつつも、金右衛門は岸井をかえりみて、何やら心細そうな顔つきになった。

これから相談にのってもらおうとする秋山小兵衛が、小さな瘦せた、いかにも好々爺に見えるものだから、

（この老人が、たよりになるのか、どうか……？）

懸念が、きざしはじめたらしい。
　三人の相談は、一刻におよんだ。
　それから入江金右衛門が駕籠をよんで、先へ帰って行った。
　小兵衛と岸井は、巴屋へ残り、ゆっくりと酒をのみはじめる。
「はなしの様子では、御側衆の石川甲斐守様というのは、よほどに人柄のよい御方らしいな」
「先生。それはまことでございます。御老中方の御信頼も厚く、将軍家のおおぼえもよろしく、その上さらに、公平無私の御方ゆえ、大奥の評判も大へんなものだそうで……」
「そうした御人の子どもにかぎって、ろくなのがないなあ」
「いえ、まったく。大きな声では申せませぬが、入江の従兄も、今度ばかりは、つくづくと弱りきっております。この世の中の裏も表もわきまえつくした先生に、なにとぞ、おちからぞえをたまわりまして……」
「そりゃ、おぬしのことじゃよ。うふ、ふ、ふ……」
「これは、どうも……」
「いやいや。おぬしは何と申しても、大名の家の御留守居をつとめる身分というものがある。わしのように身軽な体ではないからのう」

「おそれいりました」
二人は、巴屋で夕飯をとりながら、いろいろと、くわしい打ち合せをした。
夜に入ってから、小兵衛は駕籠で、大川橋(吾妻橋)をわたり、鐘ケ淵の家へ帰った。

春も闌けて、寝間の闇もあたたかく、おはるのむっちりとした乳房には、うす汗がにじむほどであった。
その汗のしめりをこころよく頰におぼえつつ、小兵衛が、
「あ、そうじゃ。忘れぬうちに、いっておこう」
「ふう?……ああ、先生……」
「明日の朝、な……」
「ああ、いやだよう先生。はなれちゃあいやですったら……」
「明日な、関屋村のお父つぁんのところへ行って、すまないが、四谷の弥七のところへ行き、すぐに来てくれろ、とそうつたえるよう、たのんできておくれ」
翌日の午後……。
……四谷・伝馬町に住む御用聞きの弥七は、おはるの父親・岩五郎からの伝言をきいて、小兵衛のもとへ駆けつけて来た。
「弥七。また、骨を折ってもらわねばならぬ。きいてくれるか、わしのたのみごとを」

「……」
「なんなりと、おっしゃってみて下さいまし」
「実は、ほれ、あの岸井甚平からたのまれたのでな」
「岸井様から……」
と、弥七がひざを乗り出して来た。

御用聞きながら弥七は、かつて、四谷の道場で剣術の修行をつんだ男だし、岸井甚平とは同門の、秋山小兵衛門人である。弥七の女房が経営している料理屋〔武蔵屋(むさしや)〕は四谷でもきこえた店で、役目がら人づきあいの多い岸井は、よく武蔵屋をつかっているそうだ。

剣術の腕前は、弥七のほうが数段上で、道場へ通っていたころの岸井甚平は、いつも弥七から、
「いいように、あしらわれていた」
ものだ。
「お上(かみ)の御用をつとめるお前にたのむのだが、今度もひとつ、お上を忘れて、岸井のためにはたらいてもらいたいのじゃが、どうだな?」
「よろしゅうございますとも、先生」
「わしもな、事と次第によったら、たのまれてもことわるつもりでいたが……どうや

ら、石川甲斐守様という御人は、われらが救うて救い甲斐のある御人らしい。それでひきうけた」

「石川……御側衆の？」

「そうさ」

「これは、おどろきました」

「弥七。ま、きいておくれ」

と、これから二人の密談が一刻におよんだ。

三日後に……。

四谷の弥七があらわれた。

「およそのことは、わかりましてございますよ」

と、弥七は、あれから、無頼御家人・山田勘介の身辺を、ひそかに探っていたのだ。

江戸の御用聞きの中でもそれと知られた四谷の弥七だけに、下っ引とよばれる密偵を何人も、市中の諸方に置き、よくめんどうを見てやっている。これらの密偵たちは、それぞれの職業をもっていながら、犯罪の聞きこみや探索をつとめているのだ。お上の御用にはたらくといっても、お上から給金が出るわけではない。彼らのめんどうを見るのは〔親分〕の御用聞きなのだが、その御用聞

きとても、お上から給金をもらうわけでもない。町奉行所の与力・同心などの警吏の下働きをつとめ、これはこれでめんどうを見てもらっているのだが、それだけではとても暮しがたたぬ。

お上の御用をつとめているということを看板にして、御用聞きも、だから、いろいろとうまい汁を吸うことになる。

もっとも弥七のように、親の代からの御用聞きで、
「おれは、やましいことを何一つ、してはいねえ」
と、胸を張れるような男は、ほとんど女房が別の商売をやったりして、暮しをささえているわけであった。

　　　　四

「いやどうも、これには私も、ちょいとおどろきましてございます」
と、四谷の弥七が語るには⋯⋯。
山田勘介は、本所の家の他に、
「別宅をかまえている」
というのだ。

別宅といっても、勘介がそこに妾でも囲っているのかというと、そうではない。

勘介は、浅草・田原町の別宅で、踊り子の置屋をはじめた。

踊り子の発生は元禄のころからで、三味線・浄瑠璃・舞の芸をもって大名や武家の宴席にはべるようになった。

踊り子の変遷（へんせん）について、ここに記すゆとりはないが、江戸の大都市化がすすみ、天皇おわす京都はさておき、日本の天下を治める徳川将軍の城下として、その風俗も複雑多彩となり、いまや爛熟（らんじゅく）の頂点にさしかかりつつあるとき、諸方の遊所が踊り子を必要とすること、いうまでもない。

いまは、大名・武家が自邸に踊り子をあつめて、宴席のとりもちをさせることは熄（や）んだけれども、それは取りも直さず、宴会の席を自邸にもうけるまでもなく、金と暇さえあれば、それぞれにおもしろい場所が江戸に増えたということになる。

ところで……。

この踊り子を、近ごろは、

〔芸者〕

と、よぶそうな。

「言葉も変るものよ」

秋山小兵衛が苦笑して、

「芸者といえば、むかしは武芸にすぐれた者の呼び名だったものだが……それが、いつしか踊り子の呼び名となる。いつの間にか、知らず知らずにそうなるのだから、おどろくほかはない」

と、弥七にいった。

さて……。

御家人・山田勘介は、わがむすめで今年十九になるお里というのを〔初糸〕の名をつけて芸者にし、そのほか五名の芸者を抱えて、商売をはじめたのが、去年の二月であった。

勘介は、本所の無頼どもを手下につかい、浅草の別宅にいる芸者たちに商売をさせ、自分は本所の家と別宅を行ったり来たりしている。勘介の妻女は、五年前に病死して、子どもは、お里ひとりらしい。

商売は繁昌している。

抱えの芸者たちが、お里をはじめとしていずれも若く美しいので、諸方の料亭・茶屋からのまねきがひきもきらぬ。

「なるほど……世も末というところかな」

小兵衛は、ほろにがく笑った。

「他人のことはいえぬが……といった顔つきであった。

そこで、山田勘介が石川甲斐守へ強請をかけた一件というのは……。
「私のむすめ・お里が、甲斐守様御子息・源太郎様の子を孕みました。この始末をいかがおつけ下さるか？」
と、いい出たことにはじまる。
勘介の要求を主家へ取りついだのは、日本橋・浜町の石川家・別邸につめている家来で、堀米吉太郎である。
今年二十一歳になる甲斐守の長男・源太郎は、去年の十二月中ごろまで、その抱え屋敷で病気療養につとめていたとか……。
 その療養中に、
「たまさかには、お気ばらしを……」
と、源太郎にすすめ、山田勘介抱えの芸者を浜町の別邸へよび、源太郎に三味線を聞かせ、舞を見物させたのが、家来の堀米吉太郎である。
 源太郎は、気鬱の病とかで、秋山小兵衛にいわせると、
「なあに、そんなのは大家のお坊っちゃんの、ぜいたく病じゃよ」
なのだそうだが、ともあれ源太郎は、只ひとりの後つぎ息子ゆえ、幼いときから可愛がり、母・真佐子が、まるで「なめまわすがごとく……」に、幼いときから父・甲斐守よりも、母・真佐子が、まるで「なめまわすがごとく……」に、育ちあがり、手もとからはなさなかったというのだ。

そこで、堀米がはからって「お気ばらし」の一夜をすごさせてから、源太郎の気鬱が、どこかへ消し飛んでしまったものである。

この夜から源太郎は、芸者・初糸こと、山田勘介のむすめ・お里にのぼせあがってしまい、秋ぐちから十二月まで、堀米にせがんで数度、お里のみを別邸へ呼び寄せている。

この間に、二人は「ただならぬ仲」になったものと見てよい。

旧臘（きゅうろう）。麹町（こうじまち）・三番町の本邸へもどってからも源太郎は、三度ほど別邸へ来て、お里と密会をとげた。

山田勘介が、お里妊娠のことを堀米吉太郎に告げ、堀米がこれを本邸の奥用人・入江金右衛門の耳へ入れたのは、半月ほど前のことになる。

入江老人は、愕然（がくぜん）とし、狼狽（ろうばい）の極に達した。

それはそうであろう。

若殿の源太郎の縁談が、いまを時めく老中・田沼意次の口ぞえによって、ととのえられつつあったからだ。

相手は、七千石の大身・生駒筑後守（いこまちくごのかみ）の次女である。

入江用人は、主人や家老の耳へ入れる前に、先（ま）ず、奥方・真佐子へ告げた。

「奥向き御用を相（あい）とむる私。ゆえにこそ奥方さまとは切っても切れぬ事情がござり

まして……」
と、入江金右衛門は小兵衛にも語った。つまりはそれほどに、奥方の深い信頼をうけていることをさしたのであろう。
奥方は、
「このことは、殿へは申しあげぬよう」
といい、すぐさま源太郎をまねいて問いつめるや、源太郎は一言もなかった。
（身におぼえのあること）
だったからである。
奥方は源太郎を下らせたあとで、入江金右衛門をよび寄せ、
「金子にて相すませるよう」
と、金五十両をその場で金右衛門へわたした。
ところが、である。
山田勘介が内済の金として要求したのは、おどろくべし千両という大金であった。
二十倍の要求なのである。
奥方は、武州・岡部二万二百五十石、安部摂津守のところから石川家へ嫁入りしたもので、それだけに気位が高く、石川甲斐守との夫婦仲も「なごやかに、あたたかい」とは、いいきれぬものがある。
甲斐守との間に生まれたのは長男・源太郎のみで、

そのかわりに甲斐守は妾腹に生まれたむすめだけに、何事にも公平なあつかいをし、気位は高いが、大名の家に生まれたむすめだけに、何事にも公平なあつかいをし、奥向きを乱して、夫の甲斐守のさまたげになるようなふるまいはなかった。

千両を要求されて奥方は、

「慮外なことを……」

四十四歳の端正な面に怒りを浮かべたが、

「と申して、その不埒者を討ってとるわけにもまいるまい」

昂奮を押えて、入江金右衛門を相手に談合を重ねた。

山田勘介は、お里を「御屋敷へ引き取り、側妾にしていただいてもけっこう」と、おもいきって申し出ているが、とてもとても、それはならぬ。夫は田沼老中の口ぞえで、愛すよって御側衆に昇進したばかりだし、いまはまた、これも田沼老中の推挽により源太郎の結婚が決まろうとしているとき、まだ家督前の源太郎へ何で芸者あがりの女を側妾にすることができよう。

このとき、奥方の手もと金は、百二十両ほどであった。

その金を、すべて勘介にあたえて……と、入江用人が交渉にかかったが、山田勘介は頑として応じない。入江用人は、このことが外部にもれぬうち「殿なり御家老のお耳へ入れたほうが、よろしいかと……」と、進言した。すると奥方は、これを厳然と

してゆるさぬ。自分の眼がとどかなかったばかりに、
「源太郎が、このような不始末を仕出かしたのゆえ、殿のお耳へ入れては相成らぬ」
というのだ。
　まるで、一人息子の教育、監督の全責任を奥方ひとりが負っているような口ぶりなのである。
　とにかく、このような恥は入江用人以外のだれにも知られたくない。知られぬうちに解決したい。
　といって、千両の大金がどうなるものでもない。
　じりじり、じりじりと苦悩が内攻してきて、食欲もうしない、奥方は、
「糸のごとく痩せ細ってしまわれた」
そうな。
　おもいあまった入江金右衛門が、ひそかに相談をもちかけたのが、従弟・岸井甚平だったのである。

　　五

四谷の弥七が報告にあらわれた翌日の七ツ（午後四時）ごろであったろうか……。
不二楼の料理人・長次が汗みずくになって、小兵衛の家へ駆けつけ、山田勘介が、
「いま、やってめえりました。へい、もう一人別の客は、先日のさむらいに間ちがいございません」
と、告げた。

もしまた、勘介があらわれたなら、
「すぐに知らせろ」
と、小兵衛がおもと、へたのんでおいたのだ。
「よし。ついて来い」
すぐさま小兵衛は、長次をうながして庭のながれに舫ってある小舟へ打ち乗り、おはるが竿をつかんだ。

橋場の不二楼へ駆けつけると、おもとが風雅な茅葺きの門の外に出ていて、
「先生。いま二人とも、お風呂へ入っています」
と、いった。
「そうか……」
「よし。先日、お前と長次が隠れていた雪隠へ案内しろ」
一瞬、秋山小兵衛は沈黙したけれども、すぐにおもとへ、

と、いった。
「大丈夫でございますか、入ったら出られませんでございますよ」
「まかしておけ」

庭づたいに入って、小兵衛は別棟・階下の座敷へ忍びこみ、土間から雪隠へ隠れた。
山田勘介と連れの客は、この前と同じように、この奥座敷でひとしきり談合をしてから入浴し、それから酒飯に移るつもりらしい。

やがて……。

二人が、もどって来て、おもとが酒肴を運んであらわれ、去った。
酒をのみながら二人が語りはじめるのを、小兵衛は大胆にも雪隠から出て土間へしやがみこみ、障子ごしに聞き耳をたてた。
何か小声で語り合っていたとおもったら、急に、山田勘介が笑い出して、
「まあ、おれもな、いざとなったときは七、八百両で手を打つつもりでいる。安心しろ」
「大丈夫かな、山田さん」
「おれもな、むすめを踊り子にし、新宅をかまえて商売繁昌というところだが、とてもいまのままでは追いつかねえ。それというのも博奕の借りが何と百両をこえているのだ。こいつは踏み倒すわけにもいかねえ。相手が何しろ土地の悪どもばかりなので

な……だからよ、むかしの御家人仲間のおぬしの手を借り、おもいきって大芝居を打ったのだ。ここで大金を手に入れれば、行く末、大きな商売ができるし……それに、おぬしも、堅苦しい屋敷奉公をやめ、晴れてお里と夫婦になれようというものではねえか」
「それは、まあ、そうだが……」
「それにしても、お里が身ごもっている子が、おぬしの子だとは、石川源太郎も気がつくめえよ」
「だ、大丈夫かな、山田さん……」
「なあに、ひと月の違いだもの、わかるものか」
「うむ、うむ、うむ……」
「金が入ったら、おれはな、中洲の盛り場で、一つ大きな料理茶屋をはじめてみてえのだ。ずんとおもしろい趣向をこらしてなあ」
たのしげにいいさして山田勘介が、
「ちょいとごめんよ。雪隠へ行って来る」
と、立ちあがった。

秋山小兵衛は、これをきいておどろきもせず、雪隠前の土間へしゃがみこんだ姿勢を微動もさせなかった。

がらりと、障子が開き、
「あっ……」
小兵衛を見つけて山田勘介、障子を開けたかたちのまま、空間へ貼りついたようになった。
それを上目づかいに見て、小兵衛がにやりと笑い、子どもでも弄うがごとく、
「聞いたぞ、聞いたぞ」
と、いった。
「う……」
勘介、なにがなんだかわからぬ。
(こ、こんな、見たこともねえ爺いが、どうして此処に……？)
しかも、勘介たちの秘密を立ち聞きされてしまったのである。
「山田さん。どうなすった？」
と、座敷の男がいったのへ、勘介は返事もできなかった。
と……小兵衛がぬっと立ちあがった。
勘介には、小兵衛の老いた矮軀が、二倍にも三倍にも見えた。
「あ……う……」
完全に圧倒され、勘介がじりじりと後退した。座敷へ入って後手に障子をしめた小

兵衛を見て、もう一人の男が腰を浮かせ「何者だ……」と、いった。痩せて骨張った体つきの若いさむらいである。唇がぬれたように紅い。

「く、曲者……!」

と、山田勘介がうめいた。

「なんじゃと……それは、わしがいう台詞だぜ」

「うぬ……」

「おぬし、とてつもない陰謀をめぐらしおったな。どうだ、図星か……ふ、ふふ。お前は、石川甲斐守様が家来、堀米なにがしだろうな。主を裏切り、おのれが孕ませた子を若殿に押しつけようという、いやはや、あきれ返った痩せ狐だ」

まさに、堀米吉太郎であった。

堀米は大刀を、不二楼の刀部屋へあずけてある。

そこで、差しぞえの小刀を引きぬきざま、

「きゃあっ!!」

奇妙なわめき声と共に、小兵衛へ突きかかって来たとおもったら、

「う、うう……」

どこをどうされたものか、小刀を取り落し、のめりこむように倒れ伏してしまった。

そのとき山田勘介が、身をひるがえして逃げにかかった。

小兵衛は、ひょいと卓上の徳利を把って勘介の後頭部へ投げつけた。

「ぐう……」

勘介が頭を抱えて、ぐらりとよろめくのを小兵衛が突き飛ばし、倒れた勘介の胸倉をつかみ、

「これ、よくきけ。わしはな、御公儀の隠目付・春川大五郎というものだ。おのれが罪状をしかときいたぞ」

切りつけるように、するどくいった。

山田勘介は死人そのままに、ぐったりと両眼をとじ、観念しきっている。

六

不二楼の廊下へ出て来た秋山小兵衛へ、おもとが駆け寄り、

「せ、先生。ど、どうなりましてございます？」

「なあに、案ずるな。そのうち、二人とも、おとなしく帰って行くだろうよ。おもと。いずれ近いうちに、お前へもあいさつをするよ」

にこにことおもてへ出た小兵衛が、不二楼の提灯へ灯を入れてもらい、これを持っ

て橋場の渡しへかかったとき、
「先生。早く、早く……」
叫びながらおはるが、若い侍と共に舟から飛びあがって来た。
「どうした、おはる……」
おはるにかわって若侍が、切迫の口調でもって、
「私、石川甲斐守が家来・佐藤一之助にござります。先刻、奥御用人・入江金右衛門より、御家の大事ゆえ、急ぎこの書状を秋山先生へおとどけいたせ、と命じられまして……」

いいながら、一通の書状を小兵衛に手わたした。佐藤は馬を飛ばして小兵衛の家へ駆けつけたので、おはるが舟を出し、いま橋場へ着いたところであった。

小兵衛は、提灯のあかりで入江用人からの手紙を読んだ。

あわただしい走り書きである。

石川甲斐守の奥方が、突然、入江金右衛門をよび「二人のみで、その女芸者とやらに会い、父親にも会って、談合をしたい」と、いい出したのだ。もってのほかのことである。入江は驚愕した。大身の奥方さまが気軽に、そのようなことができるわけのものではなく、してよいものでもない。

むろん、入江用人は押しとどめた。

しかし奥方は、すでに万端準備をととのえてい、腰元の着物を身につけ女頭巾をかぶり、数人の腰元をあつめて手はずをつけ、

「入江がまいらぬのなら、一人にても行く」

決然といいはなち、東の勝手門から外へ出ようとするのだ。

入江老人は、

（これは、とてもおさまらぬ）

と見て、身仕度を急ぎつつ、小兵衛への手紙をしたため、ひそかによびつけた佐藤一之助にこれをあたえ、小兵衛の家へ急行せしめたのであった。

「よし。わかった」

秋山小兵衛は、入江用人の手紙をふところへ仕まいこみ、

「おはる。家へもどっておれ。心配するな、大丈夫だよ」

と、いった。

「私は、いかがいたしましたら？」

くわしい事情を知らぬ佐藤一之助が、不安げに口をさしはさむのへ、

「何事もなかったようにして、お屋敷へお帰り」

小兵衛が、微笑を投げた。

かとおもったとき、小兵衛が駆け出した。

おはるも佐藤も、それを見て瞠目した。夜の闇にまぎれて、とはいい条、小兵衛が一陣の風のごとくに視界から消え去ったからである。

山田勘介の別宅は、田原町一丁目にあるはずだ。橋場から半里にもおよばぬ道のりであった。

小兵衛は、提灯も持たず一気に駆けつけた。十五分とかからなかったろう。

まだ、人通りが多い浅草・広小路を突切って行く小兵衛を見て、

「あ……」

「なんだい、あれは……」

「怖い。通り魔だよう……」

人びとが、叫んだ。

田原町一丁目の三島明神社の筋向いに、〔大和屋勘右衛門〕という大きな菓子舗がある。その東側の細道を入った突き当りが、山田勘介の別宅で、もとは、東仲町の塗物問屋〔松本屋〕の隠居所だったとかで、小さな庭もあるし、裏手は通りに面した百坪ほどの空地になっていた。

秋山小兵衛は、この空地をぬけて勘介宅の裏手へ出た。

そのとき、家の中から、たまぎるような女の悲鳴がきこえた。戸障子が打ち倒れる

音が夜気を割ってひびき、男たちの怒気も何処かで
ひらり、と、小兵衛が垣根を躍りこえ、庭へ飛び下りた。
せまい庭で、黒い影が押し合い、もみ合っている。
正面の、倒れた障子の向うに、若い女を組み敷き、懐剣を振りかざしている頭巾を
かむった女が見えた。
ものもいわずに小兵衛が、脇差の小柄を引きぬき、投げつけた。
「あっ……」
小柄に腕を撃たれ、頭巾の女が懐剣を落し、身をのけぞらせた。
「きゃあっ……ひ、人殺しィ……」
組み敷かれていた若い女が、這うようにして廊下へ逃げる。この女こそ、勘介のむす
めのお里だ、と見たが小兵衛は、それにはすこしもかまわず、
「曲者、下りゃっ‼」
小兵衛を叱咤する奥方へ、
「このようなまねをして、殿様の御役目へ傷をつけてはなりませぬ‼」
小兵衛が凄まじい大声で、どなりつけたものである。
奥方が、凝然と竦みあがった。
同時に、庭と廊下から四人の無頼どもが短刀をひらめかして座敷へ躍りこんで来た。

彼らは、入江用人と三人の腰元の抵抗を叩きつけ、なぐりつけておいて、ここへ殺到したのだ。

実に、間一髪のところであった。

「ばかもの‼」

と一声。秋山小兵衛の小さな老軀がすいとうごいたとおもったら、たちまちに二人がどこかを撃たれ、もんどりをうって転倒した。

「この爺いめ‼」

「てめえ。な、なんだ」

残る二人が廊下へ逃げて体勢をたて直した、その顔へ、小兵衛が火鉢からぬき把った鉄火箸が二本、もろに命中した。

「うわ……」

二人とも顔を押え、ころげるようにして逃走にかかるのを見向きもせず、庭先から、よろよろとあらわれた入江金右衛門に、小兵衛がいった。

「さ、早く、奥方をおつれして、裏の空地をぬけて行かれよ。あとのことは引きうけた。早く、早く……。お、これは山田勘介の詫状でござる。すべては片づけたゆえ、安心なされ。さ、早く、奥方を……」

それから七日後の午後。
　四谷の御用聞き・弥七が、秋山小兵衛にまねかれ、鐘ケ淵の家へやって来た。
　小兵衛は水引をかけた紙包みを弥七の前へ出し、
「すこしだが、とっておいてくれ。先だってから、お前にたのんだことがうまくはこび、礼金をたっぷりといただいたのだ」
「とんでもございません。それはいけません」
「いけぬもくそもあるものかよ。使い道はいくらもあるさ。お前がしているお役目につかってくれれば世のため人のためにもなろうし……だがな、その中から、おかみさんと坊やに何か買ってあげておくれ。さ、弥七。さっぱりと受けとっておくれよ」
「さようでございますか……先生からいただくお金ゆえ、それでは安心をして……」
「そうしておくれ、そうしておくれ。そうだ。明日は不二楼のおもとにも、あいさつをせねばなるまい」
　はこばれた酒をくみかわしながら、小兵衛が、先日からの一件を弥七に語った。
「談合も何もない。奥方さまはかっとのぼせあがり、おんみずから山田勘介の家へ斬りこんだのだ。八千石の、しかも御側衆をつとめる大身の奥方さまが、だ。ふ、ふふ

……実にもって、ばかばかしいことだが、それでも何だよ。気鬱の病の最中に、踊り子に血眼となり、尻尾をつかまれ、子供だましのゆすりの種をまいた青びょうたんの若殿より、まだしも奥方のほうがましだよ」
「それで、先生。山田勘介は、どうなりました？」
「なあに、ほったらかしにしてあるのさ。表沙汰にしては、石川甲斐守に傷がついてしまう。それでは、わしのふところへ礼金が舞いこんでは来ないよ」
「なるほど」
「きゃつめ、浅草の新宅を引きはらい、むすめともども本所の家へ帰り、凝と息をひそめているらしい。なにしろ、わしに取っちめられて詫状を書かされた上、わしを公儀の隠目付とおもいこんでいるゆえ、な。それにしても弥七。岸井甚平は大よろこびだ。近いうち、お前のところへもあいさつに行くそうな……え、なに？……あ、堀米吉太郎か。あいつもそのまま石川家に奉公をしている。もう、びくびくしているそうだ。これに懲りて、おとなしくなるだろうよ」

小兵衛みずから庖丁を把って料理した鯉の洗いに味噌煮。鯨骨と針生姜の吸物などで、二人とも威勢よく飲み、食べた。

おはるは、大金が入ったので大よろこびとなり、はねまわるようにして立ちはたらいている。

ただよいはじめた夕闇の中に、若葉のにおいがたちこめてい、どこかで蛙の鳴く声がきこえた。
「それにしても、よ。こんな事件にかかわり合ってみると、男たるもの剣術の一手二手はやっておくべきだと、つくづくおもうな。ばか若殿もそうだが、用人の入江金右衛門な。いかに老人とはいえ、れっきとしたさむらいだ。それがよ。勘介の手下のごろつきどもになぐられ蹴られて、瘤だらけだ。いやもう、見られたものではなかった」
「は、はは。そうでございましたか……」
「もっとも弥七。武芸者の呼び名が女について、とんでもない芸を売るようになった世の中ゆえ、こいつ、もう、わしのような老いぼれが何をいうところもないが……」
舌打ちを一つ、鳴らした小兵衛が、
「おはる。酒が切れたぞ」
やさしく、いった。

井関道場・四天王

一

　その日は朝から、おはるが留守であった。
　関屋村の実家にいる長兄の乙吉の女房が二番目の男の子を生んだというので、秋山小兵衛が祝い物をもたせ、
「おはるや。ゆっくりとあそんでおいで」
と、送り出してやったのである。
　ひとりの昼飯をすませてから、居間の縁先に寝そべって、ぬけるように青い空をながめているうち、小兵衛はとろとろとまどろんでいた。
　鐘ケ淵の水を引きこんだ庭のながれのまわりに群生している菖蒲が、いま、淡い黄色の小さな花をつけた穂を剣状の葉の間からのぞかせ、芳香をただよわせている。
　そのうちに……。

その香りとは異なる、何かの生きものの汗ばんだ甘酸っぱいにおいが、小兵衛の鼻腔へながれ入ってきた。

（や……？）

浅いねむりからさめたが、小兵衛は両眼を閉じたままである。

「もし……もし、秋山先生。佐々木三冬でございます」

いつの間に入って来たものか、三冬は、さわやかな初夏の男装で、庭先に腰をかがめていた。

「おお……いつ、来たな？」

「ほんのすこし前に……しばらくは先生の寝顔を、拝見させていただきました」

三冬が、うっとりとした声でいう。うす汗のにじんだ化粧の気もない顔に血がのぼっている。小兵衛は、われにもなくどぎまぎして起きあがった。別に三冬へ対して恋情などをおぼえたことはないし、若さのみなぎるおはる一人でじゅうぶんな、いまの小兵衛であったが、三冬のほうはひたむきな慕情をこちらへ放射してくる。

それが、どうにも、

（照れくさくて……）

ならぬのである。

小兵衛が白髪あたまを小指で搔いて、

「こんな爺いの寝顔なぞ、拝見するしろものではないよ。どうも、困ったひとだのう。ばかばかしい」
「今日は、ぜひとも先生から御意見をうかがいたき事のございまして、かく参上いたしました」

急に、三冬の表情が引きしまった。

「ほう……何事かな?」
「実は先生。井関道場のもめごとについてなので……」
「田沼主殿頭さまが、わしに、な……?」
「田沼の父よりも、秋山先生の御意見をうかがうように、とのことでございます」
「ほほう。ま、おあがり。おはるもいないし、ちょうどよい」

その「ちょうどよい」は、ほとんど三冬へききとれぬような低い声であった。二十歳のおはるは、秋山大治郎が旅から帰って来たら六十歳の小兵衛と、婚礼の式をあげるつもりでいるし、小兵衛も(いまさら、ばかばかしいことを……)とおもうのだが、

佐々木三冬へ対しての不安や嫉妬もどうやら落ちついたかのようだが、それでも尚、三冬があらわれるや、小兵衛を「先生」とよばずに「旦那さん」といって甘えかかる。

それでおはるの、仕方なく承知をした。

三冬は軽侮の眼ざしをおはるに投げ、眉の毛ひとつうごかさぬ。女だてらに剣術のほうは相当なものなのだが、そこは「世間知らず」の、しかも男女のことについてはまったく少女のごとき三冬であるから、そうしたおはるの態度を見ても、彼女が小兵衛とただならぬ仲であることなど、考えてもみないのである。
　ところで……。
　井関道場に何やら紛争が起きたとなれば、佐々木三冬の実父であり、いまをときめく幕府の最高実力者である老中・田沼主殿頭意次が、その紛争へ口をさしはさむことは、ふしぎでない。
　井関道場のあるじで、二年前に亡くなった井関忠八郎は、三冬の恩師であると同時に、田沼老中の庇護をうけ、江戸へ来てからは市ヶ谷・長延寺谷町へ立派な道場を構えることができた。
　田沼の強大な勢力を背景にしていたばかりではなく、一刀流の剣術も大したものだが井関忠八郎の人柄は実にすぐれていて、たちまちに、諸大名の家来や大身旗本の子弟が入門し、忠八郎が五十五歳で病歿したときには、門弟二百余を数えるにいたった。
　忠八郎亡きのち、井関道場は、佐々木三冬をふくむ四人の高弟によって運営をされ、
　これを、人びとは、
「井関道場の四天王」

なぞと、よんでいるそうな。

そしていまも尚、田沼意次は道場の運営を物心ともに援助してくれている。このことは小兵衛も、浅草・元鳥越に奥山念流の道場を構えている牛堀九万之助から、かねてききおよんでいた。

井関道場に紛争が起きれば、後援者として、田沼意次が、

「だまっていられなくなる」

のは、当然のことと、いうべきであろう。

田沼老中の妾腹の子に生まれた三冬は、これまで実父の田沼になじまず、一方的に、田沼の父性愛をはねつけてきたようであるが、

（ははあ……井関道場のもめごとだけに、田沼さまとも談合せざるを得ないというわけか……ふむ、ふむ。それは何よりのことだ）

と、小兵衛はおもった。

そして田沼が三冬へ、小兵衛の意見をきくように、といったのは、三冬の口から或る程度、秋山小兵衛のことをききとっているからにちがいない。

小兵衛のいれてくれた香りのよい茶をのみ終えてから、

「実は、かようなわけにて……」

と、佐々木三冬が語りはじめた。

三冬は二刻（四時間）ほどもいたろうか。
　三冬が帰ってから、小兵衛は風呂の仕度にかかった。
　間もなく、おはるが実家から帰って来た。
「先生。お父つぁんが鯰をとって来てくれたよ。すっぽん煮にしますか？」
「いいや、おろして熱い湯をかけてな、皮つきのまま削身にして……ぬめりをのぞいてから割醬油で煮ながら食おうよ」
「あい、あい」
　すぐさま、おはるが仕度にかかる。四十も年がちがう二人なのだが、このところうして呼吸がぴたりと合ってきはじめたようだ。
　食事がすむと……。
　小兵衛は、おはるを先に風呂へ入れ、おはるが出たあとで入った。
　せまい風呂場の湯気に、おはるの体臭が、まだ濃くたちこめている。
　なまあたたかい夜の闇のどこかで、しきりに蛙が鳴いていた。
「先生。早くよう……」
「む。いま、すぐな……」
　と、寝間からおはるが声をかけてきた。
　こたえて、われ知らず相好がくずれるのを六十歳の小兵衛、いかんともしがたいの

である。

(それにしても……三冬からきいた道場のもめごとを……さて、どうするか？)

ともあれ、今夜は考えぬことにした。

湯あがりの、おはるの肌身へ、五日ぶりに溺れこむむたのしさが先であった。

二

現在、井関道場の四天王というのは……。

佐々木三冬をのぞいて、先ず、後藤九兵衛というのがいる。

後藤は当年四十歳。剣士としてもあぶらの乗りきったところだし、年配からいって門人たちを教えるのもうまく、人柄もおだやからしい。伊勢の津三十二万三千余石の城主・藤堂和泉守が後藤の主人だ。

こうしたわけで、藤堂家の藩士が二十余名も道場へ入門をしているし、他の門人の信望も大きい。

つぎの、渋谷寅三郎は三十五歳。

これは主人もちでない。出生もよくわからぬ。知っていたのは亡き師匠の井関忠八郎のみであったろう。

渋谷は、井関忠八郎が遠州・相良へ住みついたころ、早くも傍につきそっていた。養父の佐々木又右衛門と共に、田沼の領国となった相良へ移り住んだ三冬が、やがて井関に剣術の手ほどきをうけたときからの、いわば兄弟子にあたる渋谷であった。

　四天王のうちで、
「まず、いざともなれば渋谷寅三郎どのに、かなう者はおりますまいかと……」
と、三冬が小兵衛にもらした。

　しかし、渋谷は寡黙な性格で、
「笑った顔を見たことがございません」
というのだから、よほどに偏屈な男なのである。妻も子もない渋谷寅三郎なのに、あれだけ長い間つきあいのある三冬が、

　稽古は猛烈峻厳をきわめ、いかなる門人といえども容赦なく打ちすえ、叩きのめす。それがまた一言のはげましの声すらなく、びしびしとやってのけるのだから、たまったものではない。

　いまどきの門人たちは、だから渋谷の稽古をきらいぬいている。

　したがって、人望はほとんどない。

　つぎは……。

　小沢主計といい、これは書院番頭をつとめる五千石の大身旗本・小沢石見守利英の

次男である。
まだ二十六歳の若さだが、三冬は、
「私など、とても、およぶところではございませぬ」
というのだから、相当の剣士と見てよい。
そこで、井関道場の紛争が、どのような性質のものかというと……。
偏屈人の渋谷寅三郎は別として、四天王のうちの三人に、二百余の門人がそれぞれに分れてつき、のぞむとのぞまぬとにかかわらず、いつしか三つの〔派閥〕のようなものができあがってしまったのである。
これは、当然のことだといえよう。
市ケ谷の井関道場といえば、老中・田沼意次の庇護もあって、江戸でも指折りの大道場なのである。
そこに、四人の指導者がいるのだから、多数の門人が分れて派をとなえることになるのも仕方のないことなのだ。
亡き井関忠八郎に妻子も縁者もない。それだから尚さらに困る。
もっとも佐々木三冬のまわりにあつまる門人たちは、三冬の実父が田沼老中で、道場の後援者であることをよくわきまえているからであろうし、また、美しい女剣士の三冬に稽古をつけてもらうのを、

「よろこばしい」
と、感じている人びとである。
「なんだ。女の三冬どのに打ち叩かれ、よだれをたらしてよろこんでいる態は、見ておられぬ」
などと、反対派は陰でののしっているらしい。それでいながら三冬の背後にいる田沼意次を無視できないという、まことに微妙なものがあるのだ。
いずれにせよ、近いうちに、四天王のうちから一人をえらび、これを道場の主としなくては、
「おさまりがつかぬ……」
状態になってきた、というのである。
その〔一人〕をえらぶことを得たならば、亡師の姓である〔井関〕をつぎ、道場を一手に運営させてもよい。
これは例のないことではない。
秋山小兵衛や、故嶋岡礼蔵の恩師であった辻平右衛門が、先師の姓を襲ったのもそれであった。
「なれど、三冬……」
と、田沼意次は嘆息をもらし、

「お前は別にして残る三人のうち、ずばぬけた男がおらぬ」
そういったとか……。
三冬の場合は、女だてらに剣術が好きで好きでたまらぬ、ということだけであって、みずから大道場のあるじになろうなどとは、夢にもおもっていない。
田沼もまた、一日も早く三冬を嫁にやりたいほどなのだから、おのが勢力をたのんで、三冬を井関道場の後継者にするつもりはない。
ほんらいならば力量からいっても、また、亡き師のもっとも古い門人という意味から、渋谷寅三郎がもっとも適任かとおもわれる。
だが、渋谷には二百余の門人をひきいるだけの人望がない。
三冬も、少女のころから見知っていて、きびしく鍛えてもらったことがある渋谷を推したい気もちはやまやまなのだし、田沼意次が三冬の意をくみ、
「渋谷を……」
と、強引に事をはこべば、可能なことなのである。けれども、そうなれば、四天王のうち、後藤九兵衛も小沢主計も道場を去ってしまう。
そして、おそらく門人の大半は、道場へあらわれなくなるだろう。
そうなっては、井関道場が衰微し、やがては滅亡する原因をつくるようなものではないか……。

となると、後藤と小沢のどちらかである。
三冬の説によると、小沢主計のほうが強いそうだ。
それなら、小沢にしたらよさそうなものだが、
「そうなっては秋山先生。困るのでございます」
と、三冬がいう。

小沢主計が、井関道場の主となっては、亡き井関忠八郎の名が汚（け）れる、と三冬はいった。何故か三冬は、小沢を嫌悪しているらしい。

小沢は、名門の井関道場をついで、将軍おひざもとの江戸で剣名をあげんとする野心まんまんたるものがあり、父の小沢石見守も可愛い次男坊を世に出すためには、金もふりまくだろうし、五千石の面目にかけても諸方へ運動して、

「ぜひにも、せがれを……」

と、目の色を変え、現に、田沼意次のもとへも莫大な金品を贈ろうとしかけている。

斡旋（あっせん）をたのむつもりなのだ。

それに小沢石見守は、現将軍・徳川家治（いえはる）の愛寵（あいちょう）が深い。

それだけに、田沼も慎重にならざるを得なかった。

一道場の紛争が、政治的色彩をおびて来かねないからであった。

いっぽう後藤九兵衛も、井関道場の主となれるのなら、

「藤堂家を退身してもよい」

とまで、おもいつめている。門人にはいちばん人気がある後藤だけに、小沢主計も、これを無視できぬ。

おもいあぐねたかして、田沼意次が、

「秋山先生の御意見をうかごうてみてくれぬか」

と、むすめ三冬にたのんだのである。

　　　　三

翌朝早く、例のごとく小兵衛は、着ながしに羽織をつけ、堀川国弘の脇差一つを腰に、手製の桜材の杖をつき、

「ちょいと、出かけて来るよ」

おはるにいって、家を出た。

両国まで歩き、其処で駕籠をやとった小兵衛が、市ケ谷・長延寺谷町にある井関道場へ着いたのは四ツ（午前十時）を、すこしまわっていたろうか。

このあたりは、むかし大きな池だったとかで、井関道場は長延寺・門前と道をへだてた窪地五百坪に建てられている。

門前町には町家や茶店などもあるが、このあたりは幕府の組屋敷や武家屋敷が多い。そこに近道から石段を下ったところが道場の正面で、武者窓がひろくとってあり、辺の子供たちが五人ほど取りつき、道場の稽古を見物していた。
「どれどれ、この、おじいちゃんにも見せておくれ」
小兵衛が子供たちへ声をかけ、窓へ近寄った。背の低い小兵衛は、羽目下の石積みへ両足をかけ、ようやく内部を見ることができた。
（ほう……やってござるな）
小兵衛が微笑をした。
いましも、佐々木三冬が黒塗りの胴をつけたいさましい稽古姿で、門人たちへ稽古をつけているところなのである。
ひろい、立派な道場であった。
三十人ほどの門人が稽古の順番を待っていい、
「やあ!!」
三冬の甲走った気合声が発せられるたびに、若い門人どもが顔を見合せ、うれしげにうなずき合う。三冬に撃たれ叩かれた若侍どもも、痛そうな顔をするが、まんざらではないらしい。
漆黒の若衆髷へ白い鉢巻をきりりとしめた佐々木三冬の顔面は紅潮し、さすがに切

長の両眼が鋭く光って、
(ふうむ、なるほどな……)
その異色の美しさは、まさしく瞠目するにたるものだ、と、小兵衛はおもった。
正面に一段高く〔見所〕があり、そこに堂々たる体軀の中年の侍がすわり、にこやかに三冬の稽古をながめている。
これこそ四天王の一人・後藤九兵衛にちがいない。
三冬は、ひろい道場を燕のごとく縦横に飛びまわり、門人を翻弄し、それでもかなり、きびしい稽古をつけているのには小兵衛も感心した。
「だめだ、そのようなことでは……日々、道場へ稽古に来て、腕が落ちてゆくのはどうしたことか！」
凜々といいはなった佐々木三冬、腕を撃たれて木刀を落し、両手をついてへいつくばった若侍のえりがみを取って引き起したかと見るや、
「えい!!」
腰をひねり、左手ひとつで、こやつを投げつけたものである。
門人たちの失笑がわいた。
「しずかに!!」
ぴしりと、三冬がいう。

（いまどきの稽古なぞは、まるで遊びごとだな。女武芸者にやっつけられてよろこんでいるのでは、どうにもならぬわえ）

苦笑をした小兵衛が、ふと見ると、見所にいる後藤九兵衛は三冬に同調して門人を叱(しか)りつけるどころか、依然、にんまりと笑っているのである。

（あ……こいつはだめだ）

と、小兵衛は直感した。

剣法をもって門人たちの心身を鍛えるというよりも、おのれの剣法を売って名声と地位を得んとする道場主の典型的なタイプだと、小兵衛は後藤を見た。

三冬が流汗淋漓(りゅうかんりんり)となって奥へ引きこむと、かわりに後藤九兵衛が道場へ立つ。後藤に対しても門人たちは、先を争うようにして立ち向ってゆく。

やはり人気があるのだ。

「そこ、そこ。もうすこしだ」

とか、

「残念。いま一歩、踏み込みをきびしくされい」

とか、

「それだ。その呼吸だ」

とか、後藤は余裕たっぷりに門人をさばきつつ、一人一人へ〔うまいこと〕をいっ

てやるものだから、門人どもは、もう夢中になってくる。一見、教え方が上手のようにおもえるけれども、こんな〝幇間稽古〟では、たとえ十の素質がある門人でも三か四のところで行き止まりになってしまうし、当人はそれで、じゅうぶんに上達したとおもいこむことになる。

四天王の残る二人、小沢主計と渋谷寅三郎は、今日も道場へあらわれぬらしい。

渋谷は下男と共に、道場奥の、亡き恩師の起居していた家の一室で暮しているというが、

「渋谷どのが稽古をなさると、みなみな、あわてて引きあげてしまうのでございます」

と、三冬もいっていたから、このごろの渋谷は気を腐らせ、あまり道場へ顔を出さぬのではないか……。

昼になって、稽古が中断された。

帰る者もあれば、弁当をつかう者もある。

秋山小兵衛は窓をはなれ、帰途についた。

渋谷と小沢の稽古ぶりをも見物したかったのだが、見るまでもなく大概の事はつかめたようにおもった。

佐々木三冬は、まだ奥から出て来ない。

今日、道場をひそかに見物することを、小兵衛は三冬に告げていなかった。

　小兵衛は、市ケ谷八幡宮へ参詣をしたのち、近くの菓子舗でみやげを買いもとめ、四谷・伝馬町の御用聞き・弥七の家へ寄った。

　弥七は、留守であった。

　[武蔵屋]という料理屋をやっている女房のおみねのもてなしをうけ、小兵衛は此処で遅い昼飯をとり、弥七夫婦の子・伊太郎へ、

「今日は、これで、がまんしておくれ」

　みやげの菓子をわたし、おみねに、

「ついでに寄らせてもらったのだ。別に用事はない。弥七によろしくいっておくれ」

といい、駕籠をよんでもらい、そのまま鐘ケ淵の我が家へ帰った。

　さ、そこでだ。

　翌日の昼前に、血相を変えた佐々木三冬が、駕籠を飛ばして小兵衛の家へあらわれたものである。

「先生。渋谷寅三郎どのが、殺害されましてございます」

というではないか。

「三冬どの。そりゃ、まことか？」

「はい。今朝方、道場の西側のくらやみ坂に打ち倒れていますのを、通りかかった長

「斬られたのか……？」
「とどめが心ノ臓へ深く……そして、あたまを何かで叩き割られ、血みどろになって伏し倒れていたそうにございます。先刻、根岸の家へ知らせがまいりましたゆえ、道場に駆けつける前に、先生へ申しあげておきたく……」

緊迫した三冬の声に、今日はおはるも呼吸をのんでいるのみだ。

「あたまを叩き割られた、とな……？」
「はい」
「おぬしと共に、道場へ行ってかえ？」
「はい、ぜひとも……」
「いや……それは、やめておいたがよかろう。わしはいま、出て行かぬほうがよい。三冬どのは、これから市ケ谷の道場へ行き、渋谷寅三郎の遺体と対面するわけだのう。葬式は、むろんのこと、道場でとりおこなうことになろう」
「はい」
「よく見とどけて、わしに知らせておくれ。あ、それから……いまな、手紙をちょいと書くゆえ、それを、四谷・伝馬町の武蔵屋という料理屋へ、たれぞ門人衆にでもとどけさせてもらいたい。よいかな」

延寺の寺男が見つけまして……」

「は……それは……」
「たのみましたよ。いまは、わしの顔を、道場の人びとに見せぬがよいわさ」
すぐに秋山小兵衛は、硯箱を引きよせた。

　　　四

井関道場からも程近い牛込の払方町に〔玉の尾〕という菜飯屋があり、のっぺい汁も名物だそうな。
渋谷寅三郎は、この玉の尾の常客である。三日にあげず、日暮れどきから夜にかけて酒食をしに行っていたらしい。
昨夜も、おそらく渋谷は玉の尾から道場への帰途を襲われたと見てよい。
事実、これはのちに奉行所の調べで判然とした。
くらやみ坂は、一名〔芥坂〕といわれ、以前は近辺の芥捨場になっていたのだが、井関道場が近くに構えられてからは、田沼の威光もあって、いつしか芥捨場は他の場所へ移り、名も〔暗闇坂〕とよばれるようになった。
幅一間、長さ二十間の坂だが、両側の武家屋敷内の樹木が鬱蒼とおおいかぶさっていて、日中でもうす暗い坂道なのである。

坂の中程に、渋谷寅三郎は仰向けに倒れていたという。あれほどの名手が刀に手もかけず、即死をしていた。あたまを叩き割られ、心ノ臓にとどめを刺されるまで、何の抵抗もしなかったというのだろうか。

死体からすこしはなれたところに、半分燃えくずれた小さな提灯があった。

夜に入ってから、四谷の御用聞き・弥七が、小兵衛の家へ駆けつけて来た。

市ケ谷界隈は弥七の縄張りではなかったが、なにぶんにも近辺のことだし、土地の御用聞きや、出張って来た八丁堀の同心たちとも、弥七は顔見知りの間柄である。

それに、井関道場へ来た弥七が、小兵衛から自分へ当てた手紙を佐々木三冬へ、

「どうか、ごらんなすって下さいまし」

と見せたので、三冬が弥七を特別にあつかい、くわしく渋谷の遺体をしらべさせてくれた。

町奉行所の検屍もすみ、今夜は渋谷の通夜が道場でおこなわれるそうだが、門人たちに人気のない渋谷のことであるから、あつまりも少ないと見てよい。三冬をはじめ他の四天王は、異変をきくや、すぐに道場へ駆けつけて来て、渋谷の遺体につきそっている。

「先生。何でございますね、渋谷さんは暗闇坂を酔って通りかかり、上から大きな石を落とされ、あたまを叩き割られたのではないかとおもいますよ。それでもう、刀をぬ

く間もなく気をうしなって倒れられたへ、とどめを刺されたというやつで……」

「石を、な……」

奉行所の同心たちも、同意見だと、弥七はいった。

「そんな石が、傍に落ちていたのか？」

「いいえ、別に……」

坂の両側は武家屋敷の土塀である。その土塀か、ふとい枝を坂の上へのばしている樹々の上からか、下を通る渋谷の提灯を目あてに、子供の頭ほどの石を叩きつけた。

さすがの渋谷も酔っていたことだし、このような奇襲をおもってもいなかっただけに、意外にも簡単に討ちとられてしまった……ということになる。

「なんでも昨夜は、明るいうちから道場を出たそうです。はい、道場にいる下男は二人で、女手はございません。二人とも、井関先生御在世のころからの、これはもう、近所でも評判のまじめで正直な男たちでございます」

「よし」

うなずいた小兵衛が、

「今夜、泊ってくれるかえ？」

「ようございますとも」

「では、これからわしのはなしを、ゆっくりときいてくれ。その上で、いろいろと打

小兵衛は手文庫から、なんと十両も金を出して来て、弥七の前へ、
「軍資金だよ」
と置き、次の間で縫いものをしているおはるへ、
「おい、おい、たのむよ、酒をな」
なめまわすような声をかけた。
翌朝、暗いうちに……。
四谷の弥七が小兵衛の家を去った。
佐々木三冬があらわれたのは、そのつぎの日の午後であった。
この日も快晴である。
しかし、三冬は沈痛な面もちで、
「このようなことになり、まことに……先生は、渋谷どののことについて、なんとお打合せをしよう」
「先生……」
「そうだとしたら、お前さんも、気をつけぬとあぶないことになる」
「このたびの道場のもめごとに、かかわりあいがある、と申されますのか?」
「殺されたのだ。人に恨みをうけたものか、それとも……」
「このようなことになり、まことに……先生は、渋谷どののことについて、なんとお

「渋谷殺害の件を、田沼様へは？」
「まだ、はなしてはおりませぬ」
「それならよし。ところで三冬どの、これから道場へ出向く折は、明るいうち、早目に引きあげなさいよ」
「では、やはり……？」
「そのことだけをまもっていてくれればよい。そしてな、これから何事が起ろうとも、道場のことに口を出さぬがよい。意見をもとめられても、にやにや笑っておいて、返事をせぬがよい。とぼけぬいておいでなさい」
「な、なれど……」
「わしは、お前さんからたのまれていることを忘れているのではないよ。だからまあ、この老いぼれにまかせておきなさい」
「は、恐れいりました。かたじけのう存じます」
「ちょいと、待っていなさい」
三冬を庭先へ立たせたまま、小兵衛が奥へ入り、すぐにもどって来た。
小兵衛は、手に二振の木刀をひっさげていた。
三冬が怪訝そうに、
「せ、先生……」

「今日より三日の間、わたし、二刻ほどでよいから、此処へ通って来てもらいたいのじゃが、どうかな？」
「は。いささかもかまいませぬが……」
「それ」
と、木刀を三冬へわたし、自分も持って、小兵衛が庭へ下りた。
はじめは、三冬をにらみつけていたおはるも、
（いったい、なにがはじまるのだろう……？）
妙に、ひきしまった小兵衛の老顔を見て、かたずをのんだ。
「三冬どのよ」
「はい？」
「これからな、わしとお前さんが立ち合うて、激しく打ち合い、そのあげくに、わしがお前さんに打ち負かされるという、その型をつけるのだよ」
「えっ……」
「いかな名人が見ても、そこに嘘がないほどにしておかぬといけない。だからな、三日ほど型の稽古をしなくてはならぬのさ。いやかえ？」
「とんでもございませぬ。先生に、たとえ型なりと御教えいただけますことは、三冬、かたじけなく……」

「まあ、いい。ともあれ、型を考えてみよう」
「なれど、これはいかなるわけ……?」
「だまってやればいいのだ。さ、先ず木刀を構えてごらん」
「はっ」
こたえて佐々木三冬が袴の股立をとり、
「ごめん!!」
ぱっと飛び退って木刀を正眼につけた。
「む!!」
「あれ……」
 その瞬間に、秋山小兵衛の曲っていた背すじがしゃんと伸びた。
 これを見たおはるは、青くなって、
 低く叫び、縁側の柱へしがみついたものである。
 小兵衛の両眼は炯々と光りかがやき、別人のごとき迫力をもって三冬の刀の構えを凝視している。
 三冬の美しい顔から、さっと血がひいた。
 だらりと右手にひっさげた小兵衛の木刀が、あくまでもしずかにあたまを上げはじめたとき、家の軒に巣をつくっている燕が一羽、矢のように疾り出て小兵衛の眼前を

横切り、大川(隅田川)のあたりをめざして飛び去った。
秋山小兵衛は、目ばたきひとつしなかった。

五

その日、雨であった。
まだ梅雨にはすこし早いようだが、
「地雨になりそうだな」
朝から出ていた四谷の弥七が、昼飯をしに家へ帰って来て、そこへごろりと横になり、茶をいれ替えている女房のおみねへ、
「今日は、もうやすむかな」
すると、おみねが、
「そうおしなさいよ。このごろは、毎日いそがしそうだねえ」
「秋山先生のおたのみごとでね」
「あら。それじゃあ、お前……」
「なに、網は張ってあるから大丈夫だ」
かねてから弥七が目をかけている下っ引の〔傘屋の徳次郎〕が、武蔵屋の裏口から

住居のほうへ駆けこんで来たのは、そのときだ。
「親分。すこし前に、小沢主計が、さむらい二人をつれて、八幡さまの万屋へ入って行きましたぜ」
「さむらいが、二人……？」
「井関道場の門人ではないようです」
「よし。お前は来ねえでいい」

弥七は、す早く雨仕度をし、鉄砲玉のように家を飛び出して行った。

市ケ谷八幡宮・境内にある料理茶屋〔万屋〕は、このあたりでもきこえた店で、総門をくぐって一ノ鳥居から胸を突くような石段をのぼり、二ノ鳥居のわきから右へ入った拝殿の崖下に、深い木立にかこまれた構えも大きく、庭づたいの離れが二つほどある。

万屋は、弥七の女房がやっている武蔵屋とは同業だし、つきあいも浅くなかった。

弥七が万屋へ駆けつけるまでに、二十分とかかっていなかったろう。

出迎えた万屋の主人・長兵衛へ、弥七が耳うちをすると、うなずいた長兵衛が、
「ちょっと、お待ちを……」
すぐに女中をよんで、小沢主計たちが入った座敷をきいた上で、弥七の案内に立っ

そこは、崖下の〔離れ〕であった。母屋から渡り廊下がついているのだが、長兵衛は傘もささずに庭へ出て、離れの裏手へ弥七をつれて行き、あたりを見まわしてから下見板へ手をかけ静かに引くと、そこがぽっかりと口を開けたではないか。
かるく、長兵衛へあたまを下げておいて弥七が、身を屈めてするりと中へ入った。
長兵衛は下見板を引いてから、何事もなかったように母屋へ去って行く。
弥七をのみこんだ三尺四方の下見板は、だれが見ても、離れの外観としかおもえない。
弥七が入ったところは〔隠し部屋〕である。
すべての料理屋や茶屋がそうだというのではないが、これと名の通った店になるほど、この隠し部屋がついた座敷や離れが二つ三つはある。つまりこれは、客のためもうけてあるのではなく、料理屋のためにつくられたものだ。

（なにやら怪しい）
とおもう客や、
（なにやら、深い事情のありそうな客……）
と見た場合、その客を隠し部屋のついた座敷へ入れておいて、ひそかに見張る。事情によってはお上へも通報するというわけで、それも料理屋自身が、

「未然に災害をふせぐ……」
気もちから出ていることなので、弥七の武蔵屋にも、このような座敷が二つある。
万屋方では小沢主計たちを、別に「怪しい者」と見て、くだんの離れへ通したわけではない。

小沢は、しばしば万屋へあらわれて酒食をするし、そのときはいつも崖下の離れを好む。ゆえに、いつものごとく女中が案内をしたにすぎない。

そこへ弥七が駆けつけ、万屋長兵衛に、
「お上の御用で、さぐりをかけていますので」
と、いったので、長兵衛が「ちょうどよい」とばかり、隠し部屋へ弥七を入れたのであった。

のちに弥七は、秋山小兵衛へ、
「あの日は何から何まで、まったくついておりました。入った料理屋が、こっちの知合いの上に、しかも隠し部屋のついている離れへ入ってくれたのでございますから……」
と、語った。

さて……。
弥七は、一坪ほどの暗い隠し部屋へしゃがみこみ、聞き耳をたてた。

小沢主計の笑い声がきこえ、女中が酒をはこんで来て、すぐに出て行った様子である。

壁一重の向うに、三人がいるのだ。弥七は、その壁の一隅へ眼を近づけた。大豆ほどの穴が開いていて、座敷の中が見える。

その〔のぞき穴〕は、離れ座敷の床の間の落棚の陰へたくみに隠されていて、座敷の客はこれにまったく気づかない。

「先ず、うまくいったな」

と、小沢主計が盃を口にふくみ、

「なれど、あのようにうまくはこぶとはおもわなんだ。これ、山下。お前のいうことをはじめは信じかねていたのだが……それにしても、よくやってくれた」

さむらいの一人にいうと、山下とよばれたそやつが、

「若様。私は身の軽いのが自慢でございまして」

得意気に、こたえる。

「うむ。うむ。いかにも、いかにも」

小沢は、満足気に何度もうなずき、別の一人へ、

「だが、神谷。山下が土塀の上から石塊を落し、渋谷寅三郎を打ち倒した後に、走り出てすぐさま、とどめを刺したのはえらい。ようも仕てのけた」

と、ほめる。
「いえ、いえ。若様の御為とあらば……」
神谷とよばれたさむらいが、小沢の酌をつつしんで受ける。
神谷も山下も、どうやら、小沢主計の父・小沢石見守の家来らしい。
となると……。
小沢は、腹心の若い家来二人に、渋谷寅三郎を、
「暗殺させた」
ことになるではないか。
小沢主計が、小判の入っているらしい金包みを二つ出し、山下と神谷へあたえて、
「これからも、何かとたのみにしているぞ」
「ははっ」
「渋谷がこの世におらぬとなれば、井関道場で、このおれにかなう者はおらぬ。後藤九兵衛にも佐々木三冬にも、おれは必ず勝てる」
「さようでございましょうとも」
「だが……だが、渋谷寅三郎だけは苦手だった。その渋谷が石ひとつで、あの世へ行くとはな……」
「酒は恐ろしいものでございますな」

「あは、はは……いかにもな」
「うむ、ふふ……」

主従三人、上きげんなのである。

隠し部屋で、これをきいている弥七は、堅く唇を嚙みしめていた。

「こうなれば、父上にお口ぞえをおたのみし、おれもまた、四天王の一人として、後藤と三冬と三人で、道場のあるじをえらぶ試合をおこなうように、事をはこぶつもりだ。おい、山下、神谷。おれが井関先生の後をつぐことになったら、お前たちただではおかぬぞ」

「これは恐ろしいことで……」
「は、ははは……ずいぶんと、よい目を見させてやろう。父上にも申しあげ、この上とも立身がかなうように取りはからうてつかわす」
「か、かたじけのうござります」
「まことにもって、うれしゅうござります」

それから一刻（二時間）のちに……。

四谷の弥七は、駕籠を飛ばして両国橋をわたり、鐘ヶ淵の小兵衛の家へ急行した。

「なんじゃと……」

弥七からすべてをきいた秋山小兵衛が、おもわず両の拳でひざを打ちたたき、

「そ、そんなやつらに、渋谷寅三郎は殺されてしまったのか……」
いうや、しばらくは後の声も出ず、くやしげに押し黙ってしまったものだ。
ややあって、小兵衛がこういった。
「弥七。それからおはる。このことは他言無用だぞ。よいか、よいな」

　　　　六

　秋山小兵衛が、市ケ谷の井関道場へあらわれたのは、それから三日後の昼前であった。
　渋谷寅三郎の葬式もすみ、後藤九兵衛・小沢主計・佐々木三冬の三名は、このところ連日、道場へ出て、門人たちに稽古をつけている。
　渋谷が欠けて、もはや〔四天王〕ではなくなったけれども、そのかわり、井関道場の主を決めなくてはならぬという空気が、道場内に濃厚となってきつつある。
　三冬の立場は別だが、後藤と小沢は、それぞれに陰へまわって画策をしているらしい。そして、たがいに、もう口をきこうともしなくなった。
　小沢主計は、若々しい精悍な顔貌に一抹の冷笑をただよわせ、後藤九兵衛を見ているようだ。

小沢は、父の小沢石見守を通じ、直接に田沼意次へはたらきかけはじめたようである。

ところが後藤九兵衛は、これまで、そのような手づるをもたなかった。主家の藤堂藩も、後藤が井関道場をつげば、藤堂家の家来ではなくなるのだから、後藤を応援するつもりはない。

後藤が、

「たのみとするところ……」

のものは、二百の門人のうちの約三分の二が、自分を道場主に迎えることを支持してくれているという自負であった。

昨夕、佐々木三冬が根岸の家へもどると、後藤九兵衛が先まわりをして訪れてい、

「三冬どのの、本心をうけたまわっておきたい」

と、いった。女ながら道場をつぐ意志があるかどうかを、きかせてもらいたいというのである。後藤は、三冬に、

（その気はない）

と見きわめていたつもりだが、ここ数日の間に、三冬の態度がいままでとは大分に変ってきている。

稽古にも層倍の熱を入れ、門人たちの人気をさらにあつめようとしているし、三人

の力量を問われる試合がおこなわれるなら、
「私も出るつもりだ」
の、気がまえをしめしているようだ。
三冬がその気になれば、田沼の勢力を背景にしているだけに、後藤も小沢もゆだんはできぬことになる。
しかし、小沢主計は落ちつきはらってい、後藤にとっては、それがまことに無気味だ。
渋谷寅三郎を殺害した犯人は、まだ捕えられていない。
あのような偏屈な男だっただけに、他人のうらみを買ったこともないとはいえまいが、それにしてもおかしい死様ではある。
いま、後藤の不安はつのるばかりである。
三冬は、後藤九兵衛に、
「父上は反対なれど、私は、井関先生の跡目をつぎたいとおもうています」
はっきりと、いったものだ。
後藤は、ひきつるような、苦しげな笑いをうかべたが動揺を隠せないようであった。
笑いを消し、後藤は黙念と帰って行った。
後藤が帰って間もなく、四谷の弥七が、秋山小兵衛の手紙を三冬へとどけに来た。

「かねての打ち合せのとおり、事をはこぶつもりゆえ、明朝はかならず道場へ出ていてもらいたい」

という、簡単な文面だ。

そして今日。

秋山小兵衛が道場へあらわれた。

小兵衛は取次に出た門人に、

「佐々木三冬どのの御高名をうけたまわってまかり出た。手合せをねがいとうござる。それがしは土田政右衛門と申す」

と、いったものである。

門人は、小兵衛の矮軀(わいく)と老顔をじろじろとながめたあげく、あきれ果てた顔つきになり、

「では、ともかくも……」

と、三冬に取次いだ。

言下に三冬がいった。

「おもしろい。ここへ通しなさい」

道場内につめかけていた四十人ほどの門人たちが、おもいがけない一幕にざわめいた。失笑のざわめきである。とぼとぼと、たよりなげに道場へ入って来た小兵衛を見

てのことだ。

小沢と後藤は見所から、これをながめていた。二人とも、さすがに小兵衛を、

（ただものではない）

と、看取したらしい。

二人は、無外流の秋山小兵衛という剣客が、ひとむかし前の江戸の剣術界に存在し、かなり「強い」ということを耳にしていたけれども、小兵衛を見たことは一度もない。

小兵衛は、三冬の前へ出て、

「念流、土田政右衛門輝資でござる」

と、名乗った。

三冬は、満面に血をのぼせ、

「一刀流、佐々木三冬」

凛然としてこたえた。

だれが見ても、この二人が親しい間柄にあるとはおもいおよばなかったろう。

今日は小兵衛、いつもの着ながしではなく、軽衫ふうの袴をつけてい、鉢巻、襷のものものしさで借り受けた木刀をつかんで、三冬と相対した。

ぱっと飛びはなれて佐々木三冬は正眼。小兵衛は八双に構えてにらみ合ったが、両人の体からは凄まじい剣気がふき出し、

(や……この老人が……?)

と、門人どもが、いっせいに鳴りをしずめた。

じりじりと間合をせばめた小兵衛と三冬が、

「鋭(えい)!!」
「応(おう)!!」

ほとばしる気合声と共に、烈(はげ)しく撃ち合う態(さま)は、三日をかけて小兵衛が教えこんだ

(型をつかっている)

とは、とてもおもえぬ。

だけに、小沢と後藤の眼にも、

三冬が、左から右へ切りあげた一刀を、五尺もはねあがった小兵衛が、

「たあっ!!」

飛び下りざまに猛然と打ち下ろしたときには、三冬びいきの門人たちが一瞬、

(もう、いかぬ)

おもわず眼をとじたそうな。

ところが三冬は左ひざをついて、下から小兵衛の木刀を打ちはらい、小兵衛は怪鳥(けちょう)

のごとく身をひるがえして逃げた。

またしても正眼と八双で対峙することしばし、ふたたび気合がみちみちてきて、双

方が同時に肉薄し合った。

木刀と木刀が嚙み合う音がひびきわたり、秋山小兵衛の木刀が手をはなれて、道場の天井へ打ちあたった。

飛び退った小兵衛が、両手をつき、

「おそれ入りまいた」

と、いった。小兵衛も三冬も汗にぬれつくしている。三冬のは本物の汗だが、小兵衛のは、わざとかいて見せた汗であった。小兵衛ほどの名人になると、汗の出し入れなど、わけもないことなのである。

「佐々木先生。老骨ながらそれがしを、今日より、門人の列にお加え下され」

懸命に、小兵衛がいう。

三冬は苦笑し、さっさと奥へ入ってしまったが、そのあとから、

「なにとぞ先生。それがしを門人に……」

必死の声をふりしぼり、小兵衛が追いすがって行った。

七

この日から十日目に……。

井関道場の後継者を決定する試合が、市ケ谷の道場においておこなわれることになった。

この間。

後藤九兵衛は門人たちの意見を重んずる方法、たとえば入札（投票）によっての決定へ事をはこぼうとして、しきりに画策をした。

小沢主計は反対である。あくまでも、三人の試合をのぞんだ。

後藤は三冬を抱きこめると考えていただけに、三冬の後継希望をきいてからは、半ば自棄気味となっていたようだ。

そして、ついに、後援者の老中・田沼意次が断を下した。

「井関の姓をあたえ、道場の主となす」

三人の試合に勝ちぬいた者へ、

と、いうのである。

「ただし……」

さらに田沼意次はいった。

「四天王とよばれ、これまではちからを合わせて道場をまもり来った間柄ゆえ、勝負を争うことも、さぞ、つらいことであろう。もし、それなれば、おのれがえらんだ、おのれの門人を代りに出場せしめてもよい」

後藤と小沢は、もとよりその気はなかった。
後藤も、三冬に対しては充分の自信がある。
小沢は、後藤にも三冬にも「勝てる‼」と信じてうたがわぬ。
試合の当日は、むし暑いうす曇りであったが、道場へは百名を越える門人がつめかけ、田沼意次の代理として、江戸家老・三好四郎兵衛が臨席した。
審判は、田沼に依頼された、これも一刀流の大道場を湯島五丁目に構える金子孫十郎信任がつとめることになった。金子は六十に近い老剣客で、諸大名、大身旗本との交際もひろく、江戸でも屈指の名流であったが、秋山小兵衛とは面識がない。
四ツごろになると、うす陽が射してきた。
井関道場・門内の石榴の樹が、深紅の花をつけ、崖の上の木立のどこかで、老鶯が鳴いている。

試合開始の時刻がせまったとき、控所へ入っていた佐々木三冬が、突然に、
「亡き井関先生の御遺志をつぎ、道場の主となることはあきらめぬが……なんとしても、後藤、小沢のお二人と立ち合うのはこころ苦しい」
と、いい出し、
「私の代りに、門人の土田政右衛門を出しまする。土田にてはこころもとないが、もし土田が負けたなら、いさぎよく、道場をつぐことをあきらめます」

きっぱりと、しかも哀しげにいった。

（やはり、女だ）

と、小沢主計はおもった。これは三冬の代りに、あの老剣客が出るのなら、尚更にわけもないことだ、とおもった。

試合は、先ず〔土田政右衛門〕の秋山小兵衛も同様である。

すでに、佐々木三冬は、小兵衛の〔政右衛門〕を、わが門人としたことを、井関道場の人びとへ披露してあった。

勝負は、一本勝負に決められていた。

十日前の、小兵衛と三冬の立ち合いには瞠目した後藤九兵衛だが、なんといっても、三冬には絶対の自信をもっているから、その三冬に負け、しかも老いの一徹らしく入門志願をした小兵衛にも、

「なんのことやある」

自信満々で立ち向った。小兵衛よりも怖いのは小沢主計なのである。

腰を落して、たがいに木刀を合わせ、どちらからともなく気合がみちてきて、二人は颯と立ち、約四間の間合をとって対峙した。

「や、やあっ!!」

と後藤が、いっきょに小兵衛を圧倒せんとして、足を踏み鳴らし、猛然として肉薄

した。平常に似合わぬ猛烈な剣気に、門人たちはおどろいた。
「よおっ……」
うけた小兵衛が、するりとまわって八双の構えから、木刀を下段に移した。
(いまだ!!)
と、後藤は感じたのであろう。
「やあっ!!」
正眼の太刀を振りかぶって打ちこまんとした。その転瞬、小兵衛の切先がぴくりと、わずかに上った。
 すると、
「う……」
 上段の太刀をそのまま、後藤九兵衛が釘(くぎ)づけになったかのように、打ちこめなくなってしまった。
(ど、どうしたのだ、これは……?)
 小兵衛の刀身が何倍もの量感となって、後藤の眼の中へ飛びこんで来そうにおもえるのだ。
(この老人(おやじ)、何者?……三冬どのに負けた老人に、おれがこのような……ばかな……)

そのようなことが、ちらちらと脳裡に浮かんできては、もうおしまいである。木刀といっしょに、小兵衛の鋭い両眼の光が、ぐうっと後藤の眼前へ迫って来たので、後藤はもう夢中で、

「うおっ‼」

上段の木刀を打ちこんだ。

あとは、どうなったのか、自分でもわからなかった。小兵衛の木刀に胴を強撃され、前へのめりこむようにしてひざをつき、ちからなく木刀を手からはなした。

「それまで」

審判・金子信任の声がかかり、後藤は木刀を拾い、うなだれて奥の控所へ去った。

次は小沢主計と小兵衛である。小沢が勝てば、まだ後藤にもチャンスはあった。小沢と闘って勝てば、いま一度、小兵衛と闘うことがゆるされる。

だが、小沢の若い精気のみなぎった熱剣をふせぎ切れるか、どうか……後藤九兵衛は控所へもどり、すわりこんだきり、しばらくは身じろぎもせぬ。自信を喪失してしまったらしい。

後藤派の門人も、控所へ入って来なかった。

この間に、一息いれた秋山小兵衛と小沢主計が道場へあらわれている。

小沢は、小兵衛と後藤の試合を見ていなかった。控所にいて、家来の神谷と山下や、

「ま、見ておれ。おもしろい立ち合いを見せてやろう」

取り巻きの門人たちにかこまれ、落ちつきはらったものであった。

後藤が負けたときいたときも、鼻で笑ったのみだ。のほうを侮っていたほどで、かねてから「あのような幇間稽古をしていたのでは、腕が落ちるばかりだ」と、もらしていたという。

小沢は、むしろ三冬よりも後藤小沢主計は、師・井関忠八郎亡きのち、江戸市中の剣術道場をめぐり歩き、みがきをかけることをおこたらなかった。三冬が「私など、とうていおよびませぬ」といったのは、謙遜ではなく、事実なのである。

それほどの小沢主計が、後藤九兵衛よりも早く、小さな老剣客に打ち負かされてしまおうとは、だれが予想し得たろう……。

立ちあがって、四間の間合をへだて、にらみ合った瞬間に、秋山小兵衛が正眼の太刀をゆるゆると八双の構えに移しつつ、すこし背をかがめ、小沢主計の顔をのぞきこむようにして、なんと、にんまりと笑いかけたものである。

その笑いが、小沢へどのように作用したものか……小沢にもわからなかったろう。ともかく、小兵衛の笑いへさそいこまれたかのごとく、小沢主計が裂帛の気合声を発して剣を突き入れた。

凄絶きわまる小沢得意の突きであったが、小兵衛は事もなげに、ひょいとかわした。

「ぬ‼」

かわされて二、三歩ながれた足を踏みしめ、向き直った小沢の体はいささかもくずれていない。さすがである。

小沢は小兵衛の攻撃を予想し、左足を引きざま、木刀を中段にまわした。

実に、そのときである。

ふわりと迫った秋山小兵衛が、声もなく、小沢の木刀を、わが木刀で叩いた。

「あっ……」

小沢のみか、満場が得体の知れぬどよめきにわいた。

小兵衛の木刀に切断された小沢の木刀の半身がくるくるとまわって、道場南側につめている門人たちの中へ落ちこんで行ったのである。

同時に、小沢主計は右腕を小兵衛に撃たれ、金子信任が、

「それまで」

感嘆の声をかけていた。

すべては終った。

勝ちぬいた〔土田政右衛門〕よりも強く、政右衛門の師である佐々木三冬が、井関道場の〔主〕となり、

〔井関三冬〕

と、改名することになったわけだ。

試合後。

金子孫十郎信任が、

「あの老人、見たことのない仁じゃが、いずれの方か？……ゆるりと語り合うてみたい」

と、佐々木三冬に申し入れたところ、三冬は、

「田舎者ゆえ、口不調法にて、人前へ出るのをいやがりまする。なにとぞ、おゆるし下されますよう」

ていねいにことわった。

その日。

鐘ケ淵の家へ小兵衛がもどって間もなく、四谷の弥七があらわれ、

「今日は、そっと拝見させていただきましてございます」

「見たかえ。ふうん……」

「あんなのは、はじめてで……」

「どんなのが、よ？」

「木刀で木刀を切り飛ばしておしまいになったんで、びっくりいたしました」

「ふふん……」
「ところで先生。どういたしましょう?」
「何を?」
「小沢主計が家来どもをつかい、渋谷寅三郎さんを殺害したことは、私がはっきり、この耳へ入れたことでございます。これは、お上のお裁きを……」
「小沢たちを召し捕ろうというわけか」
「はい」
「ま、打ち捨てておけよ」
「ですが、先生。これは……」
「そのことが、あかるみへ出ると、死んだ渋谷が恥をさらすことになる。先師・井関先生直伝のつかい手が酒に喰い酔って、塀の上から石塊を叩きつけられ、刀もぬかずにあの世へ行ったというのでは態にも何もならぬよ。あの世においての井関先生が大恥をかくことになる」
「それは、そうでございますが……」
「ほうっておけ。小沢にはいま、天罰が下ろうさ」
「ところで……」

佐々木三冬が、井関道場の主となってから半月ほどを経た或る日。門人たち総員の

招集がおこなわれた。

小沢と後藤は出席せず、二人について道場をやめた門人は七十余名にのぼった。

なんと、その席において、三冬は、

「井関道場の解散」

を、門人一同へ申しわたしたのである。

三冬は、こういった。

「先師・井関忠八郎先生が、いかにすぐれた御人であったか、それはいまさら私が申すまでもない。

井関先生亡きのち、われら四人が四天王などとよばれ、この道場を引きついでまいった。われらいずれも、亡き先生の御遺徳と、井関一刀流の真髄をうけつぎ、これを世につたえたようなどと……いまにしておもえば、まことに浅はかな、おもいあがったまねをしてのけたことと、ただただ恥じ入るのみ。

先師の名を辱しめぬほどの人物なれば、この道場を引きつぐこと、むろん、結構なことなれど、われら四人ともに、とうてい、先師の足もとへもおよばぬ。およばぬものが群れあつまって先師の名を辱しめる。世に、これほどの不幸はあるまい。これまでの成り行きを見ておられた先師の御一同は、そのことをよくよくわかったこととおもう。

またひとつには、先師におよばずとも、われらにはわれらに似合うた生き方がある

はず。井関道場の名にとらわれず、それぞれに研鑽をつみ、心身をおさめて一派をひらくまでになりたいと切におもう。それでこそ、亡き井関先生もおよろこび下されよう。
　おのおの、これよりはみずからの道を見出し、凛として進まれよ」
　道場解散を押しとどめようとする門人もかなりいたが、三冬は断固、承知をしなかった。
　翌日。三冬は小兵衛をおとずれて、すべてを報告し、
「秋山先生の御指図にしたがい、かく、事をおさめましたこと、かたじけのう存じます」
　両手をつき、うるみ声で礼をのべた。
「どうだえ。せいせいとしたろう」
「はい。田沼の父上が、ぜひとも先生にお目にかかり、御礼を申しのべたいと、かようにいい……」
「ま、よいさ。そのうち、お目にかかることもあろうよ」

　　　　　　　　〇

　さて、これは一年後の、安永八年（一七七九年）夏のことであるが……。

そのころ、すでに、神田・昌平橋の近くへ、父・石見守の援助で道場をひらいていた小沢主計が、父の家来・神谷新蔵をともない、中洲の料亭〔稲屋〕へ遊びに出かけ、夜に入ってから帰途についた。

そこまでは、わかっている。

すると翌朝になって、小沢と神谷の死体が、柳原土手に面した郡代屋敷の塀の裾にころがっているのを、富松町の豆腐屋の女房が発見した。

二人とも、ただ一太刀に斬って斃されてい、小沢主計は見事に頸動脈をはね切られて即死。神谷は心ノ臓を一突きにされていた。

検屍にあたった役人は、

「これほどの手練は、見たことがない」

舌をまいたそうである。

翌日の夕暮れに、四谷の弥七が、このことを知らせに小兵衛のところへあらわれると、

「ほう。そうかえ、そうかえ。見ろよ、弥七。去年あのとき、わしがいったとおり、ついに天罰が下ったではないかよ」

「はい、はい」

うなずいた弥七が、くびをすくめるようにして小兵衛を見あげ、

「先生。その天罰は、どこのだれが、お下しになったのでございましょうね?」
問いかけるや、秋山小兵衛の細い眼が、ぎらりと光って、
「神様さ」
「へ……?」
「剣術の神様が、天罰を下したのさ」
いうや、一瞬きびしく引きしまった顔へ、たちまちにいつもの人なつかしげな笑いが波紋のようにひろがってきて、
「恐ろしいのう。天罰は、よ」
「へ、へい……まことに恐ろしゅうございます」
弥七は、うつむいたまま、顔をあげられなかった。

雨の鈴鹿川

一

江戸にいる秋山小兵衛が、女武芸者・佐々木三冬をめぐる井関道場の紛争を解決する前のことであったが……。

小兵衛の息・秋山大治郎は、大和の国・磯城郡・芝村へ、嶋岡礼蔵の遺髪をたずさえて旅立ち、礼蔵の実兄で、芝村の大庄屋でもある嶋岡八郎右衛門の屋敷へ到着したが、

「さようでありましたか……礼蔵も、大治郎どのにみとられて息絶えたとあれば、さだめし、まんぞくでありましたろう」

淡々として、そういった八郎右衛門は、七十をこえていよう。

しかし、さすがに嶋岡礼蔵ほどの剣客の兄だけあって、いささかも、とりみだしたところはなかった。

「ゆるりと、おとどまりなされ」
と、八郎右衛門をはじめ嶋岡家の人びとがしきりにすすめてくれたのだが、大治郎は二日後に芝村を発った。

以前とちがって、いまの大治郎は、一人も弟子がいない道場ながら、いえば、

【一国一城の主】

なのである。

父の小兵衛が、時折は見まわってくれようけれども、

(いつまでも、留守にしているわけにはゆかぬ)

という責任感が、いまの大治郎にはあった。

それでも彼は、芝村から奈良、京都を経て、山城の愛宕郡・大原の里へ入り、かつて老師・辻平右衛門のもとで五年の修行をおこなった屋敷をおとずれ、旧知の人びとに会い、老師の墓にも詣で、三日をすごした。

この山里で大治郎は、嶋岡礼蔵と共に、老師につかえ、剣をまなんだのであった。

それだけに感懐はつきなかった。

晩春から初夏へ移り変る大原の山里の、新緑の美しさ、しずもり返った暁闇の神秘。

夜の闇の底からきこえてくる獣たちの気配。

それらは、徳川将軍おひざもとの大都市・江戸にはないものである。

（このまま、ここに住みついてしまいたいような気もする……）
大治郎は、大原の里を去りがたかった。
しかし、老父が道場を建てて、江戸の〔剣術界〕に、自分を押し出してくれようとしているこころづかいをおもえば、
（身勝手は、ゆるされぬ）
のである。

秋山大治郎は、大原の里へ別れを告げ、ふたたび京へ出て、東海道を江戸へ下りはじめた。

京を発した翌々日の午後に……。
健脚の大治郎は早くも鈴鹿峠を越えて、東海道・関の宿場へ入った。この夜は関から一里半先の亀山城下へ泊るつもりの大治郎であったが、峠を下って坂の下の茶店でひと休みしたころから空模様があやしくなった。

関へ入ったときには、雨が本降りとなっていたので、宿の旅籠〔近江屋太兵衛〕方へ草鞋をぬいだ。

大治郎の旅装は、袖が短く、丈はひざのあたりまでの着物に、股引をはいて脚絆、足袋。これが、もっとも身軽く行動できることを、父の小兵衛から教えられていたか

らだ。
道中用の小荷物は背へかけまわし、浅めの塗笠をかぶる。
大治郎が、近江屋の階下奥の部屋へ入って間もなく、廊下をわたって来る足音が、となりの部屋へ入った。
これは、すでに入っていた客が風呂から部屋へもどって来たものらしく、これを迎える女の声がきこえた。
（夫婦づれか……）
大治郎は何気もなく、そうおもったのだが、その瞬間に、隣室の声がぴたりと熄んだ。
熄んだかとおもうと、二つの部屋を仕切ってある襖の向うに微かな気配が起った。
常人ならばともかく、すぐれた剣士である大治郎の鋭敏な聴覚が、これをとらえずにはおかぬ。
襖が音もなく、細い隙間をつくった。
その隙間から隣室の客の眼が自分を見ているのを感じつつ、大治郎は振り向きもせず、茶をのんでいたが、ややあって、
「私に御用でもおありなのか？」
と、声をかけたものだ。

隣室は深としている。

そのうちに、女の声で、

「ですから、ちがうと申したではありませぬか」

たしなめるようにいうのが、今度は、はっきりときこえた。

(人ちがいか……それにしても、何やら事情がありそうな……)

そうおもいはしたけれども、大治郎は、もう気にとめなかった。風呂から出て、はこばれて来た夕飯の膳に向った。

給仕をしている中年の女中が、それとなく、宿場の遊所について大治郎へ語った。

関の宿場女郎はそれと知られたものだ。

大治郎の反応はなかった。

隣室でも食事の物音がしている。語り合っているようだが、低い声なので、何をいっているのかもわからなかったし、また大治郎は、耳をそばだてる気にもならぬ食事がすむと、寝るばかりであった。

早く寝て、早く発つ。旅を急ぐにはこれよりほかにない。

寝床に横たわると、闇の中に雨音がこもった。

間口はせまいが奥行が深い近江屋に泊っている客は、今夜すくないらしい。

明日は雨でも出発するつもりの秋山大治郎である。

雨なら雨、雪なら雪で、難儀の

旅をすることは、
（自分の心身を鍛えることになる）
と信じている大治郎だから、いささかも苦にならぬ。

ところが、この夜は、別の難儀が大治郎を待ちかまえていたのだ。

大治郎のねむりは深かった。その深いねむりが破られたのは、あまりにも烈(はげ)しすぎたからである。隣室の男女のまじわりが、はじめ、女の声が、

「なりませぬ」
とか、
「またしても、そのようなふるまいをなされて、亡(な)き兄上に、なんと申しわけなされますのか」

とか、きびしく、男をたしなめ、むしろ叱(しか)りつけていた。その声で、大治郎は目ざめたのだが、男のほうは何もいわず、猛々(たけだけ)しいうなり声を発するのみで、たちまちに、女の抵抗は消えた。

男は完全に女を組み敷いてしまい、おもう存分に犯しはじめたらしい。

大治郎は、夜具をあたまからかぶり、舌うちをした。二十五歳の今日まで、女体を知らぬ大治郎であったが、これは我からのぞんでしていることなのである。亡き恩師

「剣術をもって身をたてるつもりならば、若いうちは女に気を散らしてはならぬ」
と、いっていたし、また若い自分の肉体に充満するエネルギーは、きびしい剣の修行へ向けて発散され、そこに別のかたちで蓄積されてゆくことを大治郎はたしかめている。若さは、いかなることをも可能にする。禁欲をもだ。
そして、一定の目的へ振り向けた若い健康な男の禁欲は、かならず収穫をもたらすものなのである。
だが……。
襖ひとつをへだてたる隣室に、はげしい男女のいとなみをきくときは、仙人でもなく木石（ぼくせき）でもない大治郎なのだから、相当の苦痛を強いられることになる。
はじめは男に抵抗したり、叱りつけたりしていた女が、しだいにあられもなく声をあげはじめ、うめき、もだえるありさまが尋常のものではなくなってきた。
たまりかねて、大治郎は起きあがった。廊下へ出て時をすごそうと考えたのである
が、そのとき、何やら女が無我夢中のうちに叫ぶ声がしたかとおもうと、
「おのれ、またしても……」
と、今度は男が怒気をふくんだ声で、
「またしても、あね上は、敵の名を……おのれ、おのれ……」

叩きつけるようにいいながらも、女の体をせめぬき、なぶりぬいている様子であった。

隣室の男女は、どうやら、憎み合い、ののしり合いながらも肉体のよろこびに没頭し、おぼれただよっているらしい。

(厭な男に抱かれながら、敵の名を声に出す女……はて……?)

大治郎には、どうもわからぬ。

いずれにせよ、自分の知ったことではないと思い直し、大治郎は廊下へ出て、中庭にふりけむる雨をながめていた。闇に雨が白く光っている。

あたたかい晩春の雨であった。

かなり長い間、そこにしゃがみこんでいた大治郎が、さすがにしびれを切らして部屋へもどってみると、隣室は、しずまり返っていた。

自分より先に出て行くとなりの客を、障子を開けはなった部屋にいて、大治郎は見た。

翌朝、雨はあがっていた。

目の前の廊下を旅姿の二人が通りすぎて行ったのだ。

ほっそりとした体つきの女の、うつむいた白い横顔は美しかった。二十三、四歳に見えた。

男も若かった。背丈は低いが、がっしりとした体軀で、角張った厳つい顔が痘痕におおわれていた。

女は、大治郎へ視線を移さず、先に立って足早に去ったが、男はじろりと白い眼で大治郎を見やり、左手の大刀をつかみ直し、肩をそびやかして廊下を去った。それなら、あ

（あの男、浪人でもないような……昨夜、男が、敵の名を、といった。それなら、あの二人は敵討ちの旅をしているのだろうか……？）

どうも、わからぬ。

しかし、近江屋を出たときの秋山大治郎は、その二人のことを忘れてしまっていたようである。

二

関は、鈴鹿川北岸の宿場町である。

西は鈴鹿の山脈をひかえ、近江から京・大坂、伊賀の国へ通じ、東は東海道を江戸へ……そして伊勢参りの要路でもある。

宿駅としての歴史も古いし、このあたりでは亀山につぐ繁昌な町だ。十五町十三間の細長い町なみには旅籠だけでも二十をこえる。これに飯盛女を置いた食売旅籠を加

雨あがりの、まことにすがすがしい朝だ。

秋山大治郎が近江屋から街道へ出ると、前方の旅籠から伊勢参りの講中があらわれ、朝霧の中へ溶けこむように街道を去って行った。

えると六十余になるほどであった。

すこし行くと、右手に地蔵堂がある。これが九関山地蔵院宝蔵寺で、本尊の地蔵尊は行基の作とつたえられ、

「関の地蔵に振袖着せて、奈良の大仏婿にとる」

などと、うたわれているように、由来は古い。

秋山大治郎は、地蔵堂の境内へ入り、本堂にぬかずいた。

境内と街道の境には、門もなく塀もない。

早立ちの旅人の中には、大治郎と同様に境内へ入って来て、本堂を拝んで行くので、街道に面した茶店は朝も暗いうちから商売にかかる。茶を出すばかりでなく、笠、杖、合羽から紙、草鞋まで売っている。

その茶店へ、ふらりと入って来た中年の旅の浪人が菅笠をもとめ、ついでに熱い茶をのみかけたそのとき、大治郎が境内から出て来た。

そこで……。

大治郎と浪人の眼と眼が偶然に合った。

「よう、大治郎じゃないか」
「あ……井上さん」
二人は、走り寄って手と手をにぎり合い、
「久しぶりだったなあ」
「久しぶりですね」
同時に、いった。
　浪人の名を、井上八郎という。
　近江・彦根の浪人で、大治郎が大原の里に住む老師・辻平右衛門のもとで修行には げんでいたころ、井上は京都に住んでい、月のうち十日ほどは大原へあらわれ、亡き嶋岡礼蔵と二人きりで昼夜打ち通しの稽古をやっていたりしたものだ。
　当時、井上八郎は四十前後であったようだから、いまは五十に近いはずだ。
　小肥りの体躯で、あごに白いものがまじった髭を生やし、顔の造作のほとんどが不細工なのだが、鼻すじだけは隆くそびえていて、
「八郎の、あの高鼻は極く短気のしるしじゃよ」
と、よく老師がいっていたものだ。
　三十五歳のとき、彦根藩の上役と喧嘩をし、右腕の骨を叩き折ってしまい、それをとがめられて藩を追放された。

老師・辻平右衛門の母方の遠縁にあたるとかで、井上は以前から老師と文通があったらしい。その老師が大原へ引きこもったので、すぐさま、あらわれたのである。当時、井上八郎は妻と京都で暮していた。子はなかった。

さいわいに井上家は、減俸された上で、八郎の弟・久次郎がつぎ、そこからいくばくかの金がとどけられるので、井上八郎はのんびりと清貧をたのしんでいたようである。

「老師も亡くなられてしもうたし、嶋岡先生は大和（やまと）へ帰ってしまうし、お前は江戸へ……そして、おれの女房どのも去年の夏、病死してしもうてなあ。いや、どうも、まいったよ」

と、井上は一気にいった。

「それはすこしも知りませんで……」
「江戸の父ご（てて）は御元気かね？」
「はい。それよりも井上さん……」
「なんだ？」
「嶋岡先生が、亡くなられまして……」
「げえっ……」
「実は……」

と、秋山大治郎が、嶋岡礼蔵横死の一件を語るや、
「そうか……すこしも知らなんだ。おりゃ、去年の夏に、ちょいと大和へ行き、嶋岡先生にお目にかかっていた。そのときには、気ぶりにも見えなかった」
いつの間にか二人は、茶屋の腰かけに並んでいた。
「そうか……ふむ……そうだったのか……」
「ところで井上さん。どちらへまいられます?」
「え……うむ……それが、な」
嶋岡礼蔵の死を悼むおもいからさめきらぬままに、井上八郎が、
「ちょいとな、義理を立てねばならぬことあって、桑名まで行く途中なのだよ」
「それでは御一緒にまいりましょう。私も今夜は桑名泊りにするつもりで……」
「すこし強いが、お前の足ならば軽いだろう。おれはもう、そんなに歩けぬかも知れんよ」
「とにかく、まいりましょう」
「む……」

大治郎が、茶店の勘定をはらった。井上八郎は口をさしはさまなかった。
洗いざらしの粗末な着物の裾をからげ、素足に草鞋ばきという、いかにも見すぼらしい井上の旅姿であった。ふところも、さびしいらしい。

あとでわかったことだが、妻女が亡くなってのち、井上は酒びたりの毎日を送りつづけていて、彦根の弟から送って来る金も右から左へつかい果し、
「われながら、あきれ果てたものさ。よい女房に先立たれた男の苦しさは、まだ、お前にはわからんだろうな」
大治郎へ、苦笑と共にそういったものだ。
二人は、関を出て亀山城下から和田野、河合をすぎ、川井川にかかる橋をわたった。
そのとき大治郎が、
「桑名には、これから長く、おとどまりなので?」
問うや、井上八郎が、
「うむ……」
いったきり、しばらくは黙りこんで歩いていたが、ややあって、
「或る人の身を、まもらねばならんのでな。そうなったので、酒も絶っている」
と、いった。
「身を、まもる……?」
「その人は、むかしのおれが禄を食んでいた彦根の藩士だったが、上役を一人、斬り殺して逃げたのだよ。おれと同じようなものだが、おれのときは殺さなかった。それでな、殺された男の妻女と弟が敵討ちに出て、その人をさがしまわっている」

「なるほど……」
うなずいたとたんに大治郎は、昨夜の、隣室の男女の客のことをおもい出したのである。
あの若い侍は、女の体をなぶりつつも、
「またしても、あね上は、敵の名を⋯⋯おのれ、おのれ⋯⋯」
と、怒声を発していたではないか。
（もしや⋯⋯？）
と、おもわざるを得ない。
だが、大治郎は黙って、井上八郎の声をきいていた。
「⋯⋯だから、おれはな、いざともなれば、返り討ちの助太刀をすることになるわけなのだよ、大治郎。また、そうしなくてはならぬ事情があるのさ。ふ、ふふ⋯⋯」
何やら、こそばゆげな井上のふくみ笑いであった。

　　　　三

　井上八郎は二十歳の折に、亡父・要(かなめ)の跡目をついだが、四年後に、彦根藩(ひこね)の京都屋敷へ転勤を命ぜられたそうである。

「それが、いけなかったのだ」
と、井上は、大原へ稽古に来ていたころも、よくいっていた。すでにそのとき井上八郎は妻女を得ていたのだが、京の女と京の酒の味をおぼえると「もう、留処がなくなってしまった……」のだそうな。

当時、井上は京都屋敷の納戸方をつとめていて、公金をあつかうことも多い。それで、遊びの金につまって、ついつい、藩の公金に手をつけてしまった。

およそ、七十両ほどであったというが、ついにこれが発覚してしまい、上役の後藤与兵衛に呼びつけられ、井上八郎さんざんにしぼられた。

後藤与兵衛は六十がらみの老人であったが、きびしく井上を叱りつけた上で、

「二度とするなよ」

と釘を刺しておいて、その七十両を立て替えてくれ、内密にすませてくれたのである。もしもこのことが藩庁に知れたなら、井上は切腹するか、軽くて追放、家は取りつぶしに遇っていたろう。

この七十両は四年かかって、後藤与兵衛に返済したけれども、井上八郎は、後藤老人の温情を忘れることができなかった。事実、なまなかなことではなかった。

後藤与兵衛は、その年に病歿し、そのかわりに国もとの彦根から牧野城之助という上役が来て、

「これがどうも、おれとは気が合わなくてな。前の後藤さんとは、まるで人柄がちがう。ついつい、酒席で口争いをし、そのあげく、牧野の腕をへし折ってしまったのだ」
と、いうことになる。
ところで、いま……。
井上八郎が救援に駆けつけようとしているその人とは、後藤与兵衛の息子で、後藤伊織のことなのである。
去年の初夏の或る日。
後藤伊織は、上役の天野半兵衛を斬殺し、彦根藩の江戸屋敷を脱走した。
当時、後藤伊織も天野半兵衛も、江戸藩邸に勤務していたのであった。
はっきりとした事情はよくわからぬが、事件が起った何月か前から、急に天野が、伊織に、
「つらくあたるようになった」
そうである。
つまらぬ、取るにたらぬことをいちいち取りあげて、天野が伊織を叱りつけている場面を藩士たちは、しばしば見ている。
だが、いずれにせよ、殺人を犯して脱走したからには、これを打ち捨てておくこと

天野半兵衛の弟・兵馬は、神田橋御門外に道場をかまえる念流・村垣主水の高弟で、剣術は相当なものだ。この兵馬が、半兵衛の妻で、未亡人となった千代と共に、すぐさま後藤伊織の後を追った。

千代にとっては「夫の敵」であり、兵馬にとっては「兄の敵」である。

二人をたすけて、国もとの彦根にいる親類の末高五兵衛が、藩主・井伊掃部頭直幸のゆるしを得て、家来二名と小者一名をひきつれ、彦根城下を発したのが、去年の十一月であったという。

だから天野派は二手に別れ、さらに天野家の若党二人が絶えず連絡をとりつつ、諸方をさがしまわっていることになる。

それにひきかえ、逃げかくれている後藤伊織の親類縁者たちは、

「だれ一人、味方についてやる者がおらぬのだ」

と、井上八郎が秋山大治郎に、

「おりゃな、そのようなことをすこしも知らなんだ。ところが、つい七日ほど前に、京のおれの家へ、桑名の油問屋で平野屋宗平方の番頭がたずねて来て、後藤伊織殿の手紙をとどけてくれたのだ」

「ほう……」

はできない。

「それで、はじめてわかった。いや、おれもおどろいてな。なんとしても恩人の息子殿の危急だ。手をかさねば義理がたたぬと心を決め、こうして出て来たわけなのだよ」

 桑名の平野屋は、京都にも支店があり、伊織の父・後藤与兵衛が生きていたころは京都屋敷へ出入りをゆるされていて、京都支店の主・平野屋彦助は、与兵衛と親交があったらしい。彦助は桑名の平野屋に後藤伊織がかくまわれているのであろう。
 こうしたわけで、桑名の平野屋宗平の実弟にあたる。
 伊織は、井上八郎にあてた手紙で、こういってよこした。
「……半年ほど前から、平野屋にかくまわれているが、このごろはどうも身辺があぶなくなってきたようにおもわれ、こころ細くてならない。いま、私がたのみとするのは井上殿のみだ。親類どもは、かかわり合いを恐れて手をさしのべてくれぬし、私の腕では、とうてい、兵馬たちに立ち向うことができない。たとえ半年でも一年でもいいから、私のそばへ、つきそっていてくれぬだろうか……」
 それというては井上八郎、どうにも打ち捨てておけなくなった。
 いまは、徳川将軍の威令の下に、諸大名がそれぞれ領国を統治している。
 だから、殺人犯人が他国の領内へ逃げこんでしまうと、これを藩庁が捕えることができない。

このため、
「殺された者の肉親が犯人を追って行き、親族のうらみをはらすと同時に、殺人犯人へ制裁をあたえる」
ことが、武家社会の間に、不文律の制度として容認されたのである。
正当な敵討ちであれば、藩主から日本全国共通の〔免許状〕が下付され、このことはもちろん、幕府へもとどけ出される。
ゆえに、武家社会においては……。
父なり兄なりの敵を討って帰らぬかぎり、その家名をつぐこともならぬ。
天野兵馬の場合も、後藤伊織を討ち果さぬかぎり、亡兄・半兵衛の跡目をつぐことができない。それだけに彼も必死であろうし、また親類たちも応援を惜しまぬわけであった。
「おれもなあ、大治郎よ」
井上八郎がつくづくと、
「もはや女房もおらんし、こうして、いつまでも国もとの弟から送ってもらう金で、酒をのみつづけていても仕方がないし……恩人のせがれの身をまもって、それで死ぬなら、それもよいとおもっているのだよ」
と、いった。

いつの間にか、二人は石薬師の宿場へ近づいていた。

どんよりと曇った空から薄陽がもれている。

街道を行く二人の眼の前を、白い蝶がはらはらとたゆたっていた。

宿場へ入る手前の左側に、石薬師寺がある。この寺の本尊は薬師如来でいわれも古く、石垣づくりの塀をめぐらした境内は竹林と木立にかこまれ、しずもり返っていた。

旅人の往来も絶えていたが、石薬師寺の門前へさしかかったとき、秋山大治郎の両眼が笠の中できらりと光った。

石薬師寺の門屋根の下に、昨夜、となり合せに泊った二人が立っていたからである。

そのほかにもう一人、これも旅姿の若党ふうの男がいて、若い侍と顔を寄せ合い、しきりに語り合っている。女は、すこしはなれ、半身を境内に入れ、背を見せていた。

大治郎と井上八郎が、門前を通りすぎたとき、若い侍がちらりとこちらを見た。見たが、大治郎の顔は笠にかくれて見えなかったし、今朝、旅籠でのときとはちがい、旅姿に身をかためている大治郎を、それと気づかなかったらしい。

若い侍はすぐに眼を逸らして、若党ふうの男と語りはじめた。

大治郎も井上も、歩調を乱すことなく、石薬師寺の門前を通りすぎ、宿場へ入って行った。

井上八郎は、寺の門の下にいた三人を、まったく気にもとめてはいなかったようで

宿場の休茶屋〔八百屋佐兵衛〕方で昼飯をとりながら、秋山大治郎が、
「井上さん。あなたは、その天野兵馬などの顔を、見知っているのですか？」
何気ない様子で、たずねてみた。
すると井上八郎はかぶりを振って、
「いや、それがな。天野家は代々、江戸詰めで、おれは殺された半兵衛も、その妻女も、弟の兵馬も、顔を知らんのだ。しかし、彦根にいた天野の親類で、いま敵討ちの助勢をしているという末高五兵衛は見知っている。たしか、天野兄弟の叔父にあたる老人だ。馬廻りをつとめていて、気位の高い、頑固なじいさんだったよ」
と、こたえてきた。
そのとき、休茶屋の前の街道を先刻の三人が急ぎ足で下って行くのが見えた。大治郎も見たし、井上も見た。しかし井上八郎の顔には何の表情も浮ばなかった。

四

関から桑名までは十里余の道中だが、秋山大治郎と井上八郎は足を早め、まだあかるいうちに桑名へ入った。

先へ行ったはずの三人の姿は、ついに見えなかった。彼らが同じ東海道を下っていたとすれば、大治郎と井上が追いつき、追いぬいていたはずである。
揖斐川の河口に近い桑名は、松平下総守十万石の城下町でもあり、東海道は桑名の港から伊勢湾の海上七里を船でわたり、尾張の宮（熱田）へつなぐ。宿駅としても、このような要地であるから、その繁栄ぶりも、およそ察しられよう。
町外れの堀川をわたって、伝馬町、新町の町すじをすすむと右手前方に桑名城がのぞまれ、濠の彼方は武家屋敷で、外濠をへだてた西側には、びっしりと町家がたちならんでいる。
油問屋の〔平野屋〕は、東海道・往還から西へ外れた油町にあった。
あるじの宗平は、小柄な老人だが肚もすわっていて、後藤伊織の面倒をよく見てくれ、
「あなたさまの父ごさまには、京の弟がずいぶんと御世話になったことゆえ、御恩報じに、どのようなことでもさせていただきましょう」
と、いっているそうだ。
「どうせ桑名泊りなら、平野屋へ来ぬか、大治郎。まだまだ語り足りぬわ」
「かまいませんか？」
「よいとも」

大治郎は、まだ、あの三人づれのことを井上八郎に洩らしていない。それだけに、ここで早くも井上と別れるにはしのびないおもいがした。
（父なら、こうしたとき、どうするだろうか……？）
石薬師からここまで、大治郎は、そのことばかり考えつづけてきている。
平野屋では、後藤伊織が井上を待ちかねていた。
二十七歳になるというが、五つ六つは老けて見え、げっそりとやつれきっている伊織に、敵もちの苦悩がにじみ出ている。この男が上役を斬殺したなどとは、とてもおもえぬほどであった。
それに、伊織はなかなかの美男子である。
伊織は、平野屋の奥庭に面した土蔵の二階に隠れ暮していた。
「かまわん。いっしょに来いよ」
と、井上がいったので、大治郎も土蔵の二階へ行き、そこで、平野屋がこころづくしの膳に向うことになった。
「この人は、ほれ、大原の老師のもとに長らくおつかえしていた秋山大治郎殿だ。いささかも心配はいりませんよ」
井上がいうと、伊織は素直にそのことばを信じ、大治郎がいる前で、何事も率直に語りはじめた。

上役の天野半兵衛が、伊織をいじめるようになったのは去年の春ごろからで、他の藩士がいる席上で、伊織が、まったく武術の心得がなく、柔弱なことをいいたてたり、役向きの帳簿をしらべては、手ぬかりのあったのを伊織の失敗として押しつけたり、いちいち、がまんがならぬところを、伊織は凝と堪えてきたらしい。
ところが、夏に入ってから、天野半兵衛が妙ないいがかりをつけはじめた。このときは二人きりであったという。
「おぬし、おれが女房に手を出したことがあろう。いえ、いわぬか……」
半兵衛が、押し殺した声で、そうつめよってくるのだ。
まったく、おぼえがない。
なるほど、半兵衛の妻・千代は、同藩の木内三左衛門のむすめで、嫁入り前は父・三左衛門が京都屋敷につとめていたから、同じ京都詰めの父をもつ伊織とは、同じ屋敷内の長屋に住み暮していて、父亡きあと、伊織が江戸屋敷へ転勤するまでは、千代と口をきき合ったこともないではない。
「なればというて、それが、どうだというのです。まったく心外のことで……」
と、くやしげに語る後藤伊織の声に、嘘いつわりはないと大治郎はみてとった。
伊織が江戸へ来てから四年目に、千代の縁談がととのい、天野半兵衛の妻となり、京都から江戸屋敷内の長屋へ移って来たので、ここにまた伊織と顔を合わせるように

なったわけである。
「というても、長屋がはなれていて、それに千代どのは人妻。また私も別に、顔を見たいともおもわなんだので、江戸屋敷で、口をきき合うたは二度か三度……」
と、いうことだ。
父母も亡くなっている後藤伊織は、奉公人四人をつかって気楽な独り暮しで、非番のときに外へ出れば、なんといっても将軍ひざもとの江戸であるから、遊ぶ場所はいくらもある。
人妻に、いい寄るほど、
「私も、ばかではない」
「ふむ、なるほどな」
「井上殿。それから十日ほどして、夜に入って私が、天野半兵衛から、またしても、御屋敷内の馬場へ呼び出されました」
「そこで、また?」
「さよう。しきりに、千代どのとのことをいいたて、血相を変え、私が知らぬという、いきなり、胸ぐらをつかんでなぐりつけてきました。ずいぶんとなぐられた」
「ふむ、ふむ」
「前々からのこともあり、ついに私も、たまりかね、かっとなって……さ、それから

のことが、よくおぼえていない。気がつくと、私は脇差を半兵衛の腹へ突き刺したまま、折り重なるようにして、馬場の土の上へ倒れて……さよう、半兵衛はすでに、息絶えていました」

伊織は動転した。

（死にたくない）

と、おもった。

死にたくなければ、この外桜田の藩邸から脱走するよりほかに道はない。

そこで伊織は、自分の長屋へもどり、父の代から奉公をしている老僕の市助を外へつれ出し、せわしなく事情を告げると、市助が言下に、

「お逃げなされ、だんなさま」

と、はげましてくれた。

「そのような、みだらなことを、だんなさまがなさらぬことは、みな、この市助が知っております。さ、このまま、私めといっしょに、お逃げなされ」

市助が、天野半兵衛の死体を木陰へ隠している間に、伊織は長屋へ入り、あるだけの金を懐中にし、旅仕度もせず、そのままの姿で外へ出て、待っていた市助と共に、藩邸の塀を乗りこえ、脱走したのであった。

雨の鈴鹿川

市助と伊織は、その後、諸方を隠れ歩いていたのだが、どうにもあぶないような気がしてならぬ。

そこで、伊織を尾張・名古屋城下の宿屋に隠しておき、市助ひとりが桑名へ来て、平野屋宗平にすべてをうちあけると、宗平が、

「すぐに、ここへ、おつれしなされ」

たのもしく、うけ合ってくれた。

こうして後藤伊織が、平野屋へかくまわれるようになってから、市助は、ひとまず故郷の近江・水口へ帰った。

鈴鹿峠を越えて三里。水口は加藤越中守二万五千石の城下でもあり、ここで、市助の実弟・直五郎が名物の煙管をつくっている。そこへ市助は身を寄せ、直五郎のせがれで、自分には甥にあたる小吉というのを、桑名の伊織との連絡につかい、さらに、江戸にいる伊織の姉・むらとの文通の使いもさせている。

むらは、森山城守（播州・赤穂二万石）の家来、増井善兵衛の妻になっていて、芝神明町の江戸藩邸内に夫と三人の子たちと共に住んでいるのである。

弟おもいのむらだけに、絶えず伊織の消息をききたがるし、金や衣類なども工面してとどけてくれる。この使いを、小吉がしてきたわけであった。

そこまで、伊織が語り終えたとき、桑名の名産・蛤を炊きこんだ飯がはこばれてき

産卵期に入った蛤は味も落ちるそうだし、採るのを禁じられてもいるが、これは春先に採っておいて煮しめたものをつかったのだと、平野屋宗平が説明をした。

　その蛤飯を食べ終えてから、
「実は、井上さん……」
と、秋山大治郎が、しずかに口をきった。
「いままで、だまっていたのですが、どうも私は昨夜から今日にかけて、後藤伊織殿をつけねらっている、その天野なにがしの弟と、妻女を見かけたようにおもいます」
「な、なんだと……」
　井上八郎は瞠目した。
　伊織の顔から見る見る血の気が引いていった。

　　　　五

　関の旅籠で、となり合せに泊った男女二人の客のことを、秋山大治郎が語るにつれて、後藤伊織の緊張と不安は、つのるばかりとなったようである。
　語り終った大治郎を見た視線を伊織へ移して、井上八郎が、

「なんとおもわれる？」

と、伊織が、蚊の鳴くような声でこたえた。

「まさに……」

「天野兵馬と、千代なのだな？」

「年齢恰好といい、姿かたちといい、そうとしか、おもわれぬ」

伊織がいうには……。

このところ、この平野屋のまわりに、怪しい男が出没し、中の様子をさぐっているようなのだ。

これは平野屋宗平も、

「見も知らぬ旅の男が、近くの家や居酒屋で、私のところの様子を、それとなくきき出しているようなので……」

と、うなずいた。

それはどうも、水口にいる老僕の市助から足がついたようにおもわれる。市助は、めったに外へは出ぬらしいが、天野兵馬と叔父の末高五兵衛は、もと伊織のところにいた奉公人の身もとをしらべあげた、と、見てよい。

市助は、先代の与兵衛のころから後藤家に奉公をし、三十年近い歳月を送っているから、身分の差はあれ、

(家族も同然)
と、いってさしつかえない。
近江の水口出身であることがわかれば、当然、犯行の夜、主人の後藤伊織と共に逃亡した市助の実家へ、
「天野一党の眼が光るにちがいない」
のである。
となれば……。
見張りの者が、平野屋にいる桑名の伊織のもとへおもむく市助の甥・小吉に気づいたのではあるまいか……。
または、江戸の森山城守(やましろのかみ)屋敷内に住む伊織の姉・むらのところへ、伊織の手紙をもってあらわれた小吉を、見張っていた天野一党の者が尾行したのではあるまいか……。
なんといっても相手は人数が多い。
こちらは伊織ひとりである。
平野屋宗平は町人なのだから、いざというときには、
「さわぎに、巻きこみたくない」
のが、伊織の本心であったし、相手が刀をぬいてふみこんで来たときには、平野屋

ではふせぎようがないことも事実であった。そうした不安と恐怖に堪えきれなくなり、伊織は、京の井上へ救いをもとめたのである。

「ふうむ……」

井上八郎が腕を組んで、

「これは、さし迫ってきたなあ」

うめくようにいった。

秋山大治郎は、この夜、平野屋へ泊り、つぎの日も泊った。

そして、また、つぎの夜も……。

(どうして、このようなことになってしまったのか……?)

自分でも、よくわからぬ。

強いていえば、好ましい旧知の人である井上八郎の、古めかしいが恩誼（おんぎ）と義理をまもりぬくため、あえて敵もちの救援を買って出た、その心意気を、

(おれは、見すごせなくなってきたのだろうか……?)

そして、後藤伊織のためにではなく、井上八郎のために、

(おれは、助勢しようとしているのではないか……)

このことであった。

「ここにいてくれるのはありがたいが……しかし、大治郎。江戸へ帰らなくてもよいのか?」

井上に問われて、大治郎は、

「うむ……まあ……いますこし……」

あいまいにこたえ、微笑をうかべて見せると、井上はなんともいえぬうれしそうな顔つきになって、しきりにあごひげを撫しては、

「うん、うん。桑名は食い物がよいし、酒もよい。ま、おぬしは急ぐ旅でもないのだから……」

などと、てれくさそうにいうのだ。

井上も相当につかうけれども、剣をとって立ち合ったなら、とうてい大治郎の敵ではないことを、井上自身がよく知っている。それだけに大治郎が傍にいてくれることは、なによりもこころ強いにちがいない。

この間に……。

井上八郎は平野屋宗平と相談をし、いろいろと手を打ちはじめていた。

平野屋の、こころきいた奉公人たちに桑名の町の諸方をめぐり歩かせ、今度は積極的に、天野党らしい旅人をさがさせることにした。

つぎに、平野屋から後藤伊織を脱出させ、もっと安全な場所へ移すことを検討しは

じめたらしい。

大治郎は、その相談に、わざと加わらなかった。井上八郎もまた、この事件に無関係の大治郎を引きこむようなことを、心細く感じているのであった。それでいて、いつか大治郎が江戸へ去ることを、心細く感じているのであった。

また、数日が経過した。

大治郎は依然、平野屋をうごかぬ。

(こうしたとき、父なら、なんとするだろう？)

と、そのことばかり、大治郎は考えつづけている。

父の秋山小兵衛なら、こうしたことを、

(事もなげに……)

解決してしまうにちがいない。

老熟した小兵衛の思案は、おのれでおのれのこころのうごきまでも、操作することが可能であった。

自分がしてよいこと、しなくてもよいことが、たちどころにわかり、世の中を見動へ移すことができる。

「年をとるとな、若いときのように手足はきかぬ。なれどそのかわり、眼がぴたりと定まり、若いころのように思い迷うことがなくなる。これが年の功とい

うやつで、若いころにはおもってもみなかった気楽さがあるものよ」
と、いつか小兵衛が大治郎に語ったこともあった。
大治郎と井上が、桑名へ入ってから七日目の夜ふけになって……。
土蔵の中ではない、母屋の奥の一間にねむっていた大治郎のところへ、井上八郎があらわれ、目ざめた大治郎へ、
「起してしまって、すまぬが……」
枕もとへ、きちんとすわり直し、髪を容れずに、大治郎がいった。
「きいてくれるか、大治郎……」
「何をですか？」
「大原の里の、老師がおられた屋敷のことなのだが……」
「大原へ、伊織殿を隠そうというのですな」
「む……」
井上が、目をみはって、
「そ、そうだ。あの屋敷、いま、だれが住んでいるのだろう？」
「無人です」
「な、なんと……」

「ちょうど、都合がよい」
「む。うむ。うむ。貸してもらえるだろうか?」
「村の長にたのめば、大丈夫とおもいます。あの屋敷は、もともと亡き老師が買い取られたものだし、いまは、村があずかっているかたちなのですよ」
「礼は相応に出せるとおもう」
「私も、大原へついて行きましょう。私からはなしたほうがよい」
「そ、そうしてくれるか。ほ、ほんとうか」
井上八郎は雀躍りせんばかりに、喜色をあらわした。
大治郎も、ここにいたって、ようやくにこころが定まったのは、われながらふしぎであった。

六

翌々日の夜ふけ……といっても、八ツ(午前二時)ごろに、平野屋宗平方の裏手から奇妙な一行があらわれた。
旅姿の若い町人ふうの男が一人、旅の坊さんが一人、つづいて、井上八郎に秋山大治郎。井上と大治郎は東海道を下って来たときと同じような旅姿であった。

先頭に立つ若者は、平野屋の奉公人で松之助といい、これまで伊織のためにいろいろとはたらいてくれていて、伊賀の島ケ原の生まれである。

松之助から十間ほどはなれて、伊賀の島ケ原の生まれである。

松之助から十間ほどはなれて、伊賀の島ケ原の生まれである、旅僧に変装した後藤伊織が行く。

網代笠にかくれた顔を見せぬかぎり、年配の坊主におもえる。

その伊織のすぐうしろに井上八郎。五間ほどの距離をおいて殿が秋山大治郎という順であった。

朝の光を見るまでには、まだ、かなりの時間がある。あかるくなるまでに桑名の町を出て、一気に庄野の宿場へ入ってしまおうというのだ。

桑名から、石薬師をすぎて庄野まで約七里。昼前に到着できよう。そしてこの日は庄野へ泊る。庄野は、まるで村落のような小さな宿場であるから、東海道を行く旅人も、めったに泊らぬ。

庄野にある三軒の旅籠のうち〔石見屋嘉兵衛〕というのが、平野屋宗平の遠縁にあたる。そこで平野屋は前日、使いを出して、後藤伊織一行の面倒を見てくれるようくれぐれもたのんでおいてくれた。

昼前に石見屋へ入り、ぐっすりねむり、またしても夜ふけに庄野を出て、東海道を通らず、間道づたいに、四里先の関の町まで行く。

まだ夜は明けていないから、そのまま関をぬけ、東海道から外れて伊賀の国へ向う。

こうして、伊賀の上野から、松之助の故郷の島ヶ原へ行き、松之助の実家に二日ほどかくれ、様子を見きわめた上で奈良へ入り、奈良から京都を経て、大原の里へ到着する予定であった。

大まわりに、まわり道をするわけだが、このほうが安全だと、結論が出たのである。

危ないのは、東海道・関までの十余里の道中だが、このところ、平野屋のまわりをうろつく怪しい者もいないようであった。

星も風も無い、どんよりと曇った夜の闇が生あたたかい。

先へ立つ松之助の提灯をたよりに、うしろの三人は、桑名の町の細道をえらんで急ぎ、すぐに町を出た。

四日市をすぎるころ、夜が明けた。

（これは、雨になるな）

と、秋山大治郎はおもった。

前に、井上八郎が幅のひろい肩をゆするようにして行く。その向うに、旅僧姿の後藤伊織が見える。さらに遠く、松之助が急いでいる。

余所目には、この四人が同行の旅人だとおもえないだろう。そのように四人は歩いている。たがいに後を振り返ることもせず、ことばもかわさなかった。

石薬師の手前の杖つき坂へかかったとき、雨が落ちてきはじめた。

石薬師の宿場を出て街道を下る旅人たちとも、四人はすれちがった。

雨がふるのは、むしろ、四人にとって都合がよい。雨の日の街道には必然、旅人の往来がすくないからであった。しかし、それだけに、

（目立つ、ということにもなる）

と、大治郎は、笠の内から、すこしのゆだんもなく眼をくばっていた。

坂をのぼりきると、鞠ヶ原という草原になる。

もうすぐに石薬師である。

そのとき、後から杖つき坂をのぼって来た馬上の旅人が、四人を追い越して行った。馬子が手綱をとった道中馬の背に、町人ふうの旅人は笠をかたむけて雨を避け、合羽の背中をまるめていた。老人らしい。

これまでにも何人か、四人を追いぬいて行った旅人もいたことだし、いちおうは注意をはらったが、四人とも一目見て、馬上の旅人から警戒を解いた。

だが……。

この旅人こそ、天野兄弟の叔父・末高五兵衛の家来で、伊藤彦六という者だったのである。

やはり、見張られていたらしい。

彼らは、巧妙な監視の眼を、平野屋からゆるめてはいなかったのだ。

異変は、間もなく起った。

わざと鳴りをひそめ、後藤伊織をさそい出した、ともいえる。

七

雨は、霧のようにけむっていた。

雨合羽もつけず、何も食べず飲まずに、四人は一気に石薬師の宿場を通りぬけた。

目ざす庄野までは、あと一里足らずであった。

鈴鹿川に沿った街道が、庄野の宿場へ近づくにつれて、いくらかのぼりになる。

このあたりには竹藪が多く、街道に、まったく人影が無かった。

と……急に、雨足が強くなってきはじめた。

先頭を行く松之助が、歩きながら雨合羽を出して羽織りつつ、はじめてうしろを振り向いた。

（みなさんも、雨仕度を……）

と、いうかのように見えた。

実に、そのときである。

突如、右手の竹藪から躍り出した人影が、いきなり松之助の背後へ迫るのが見えた。

ぴかっと刃が光り、松之助の悲鳴があがった。
同時に、街道の左側の堤下に伏せていた男たちが三名、抜刀して、こちらへ駆け寄って来るのが見えた。
「わあっ……」
と、叫んだ後藤伊織が振り向いて井上八郎へ両手をさしのべながら、必死に駆けて来た。
これを迎えて、
二人の男が、襷・鉢巻で抜刀し、猛然と駆け寄って来た。
走りつつ、秋山大治郎は自分の背後へ迫る足音をきいて、振り返った。
同時に、井上も大治郎も笠をはねのけて走り出している。
「む‼」
腰を沈め、大治郎が電光のごとく抜き打った。
大刀を振りかぶった先頭の男が、その一刀をひざに受け、顔中をゆがめて転倒した。
すっと、大治郎が後退した。
つぎのさむらいが、
「うおっ‼」
おめき声を発し、ふみこんで来て、すくいあげるように斬りつけて来る太刀風が、

大治郎の頭上一尺のところを疾(はし)った。
くびをすくめて右足を引き、片手斬りに大治郎が、またしても相手の足をなぎはらった。

「うわ……」

刀を放り出し、相手が前のめりになった。斬殺(ざんさつ)するつもりはない。足さえ、深く傷つけておけば、この二人の相手は戦闘不能となり、もう役には立たぬのだ。

大治郎が、屹(きっ)と彼方(かなた)を見やった。

井上八郎と後藤伊織は堤の下の、鈴鹿川の河原へ駆け下りていた。

二人を、五人のさむらいが包囲している。

そのうちの一人が、まさに、あの夜、関の旅籠(はたご)でとなり合せた男であった。天野兵馬にちがいない。

兵馬とならんで刀をかまえている老人は、叔父の末高五兵衛であろう。

後の三人は、五兵衛の家来か、天野家の親類か、または奉公人と見てよい。いずれも屈強の者である。

堤を駆け下る大治郎を見て、五人の敵が包囲の体勢を変えた。

天野兵馬が、大治郎の顔を見て、

「あっ……」

と、叫んだ。

関の旅籠の朝を、おもい出したにちがいない。

井上と大治郎は、死人のように青ざめ、わなわなとふるえている伊織をうしろにかばい、鈴鹿川を背にして、五人の敵と、にらみ合った。

雨勢が叩きつけるように強くなってきている。

井上八郎が、大刀を平正眼にかまえ、凜々と、いいはなった。

「敵討ちも返り討ちもない。おれたちが、おのれらと喧嘩をするのだ。そのつもりでかかって来い‼」

大治郎は、伊織に、こういった。

「後藤さん、川をわたって逃げなさい。後はひきうけた」

○

秋山大治郎が、江戸へ帰って、父の小兵衛にこの事件を報告したのは、それから一カ月ほど後のことであった。

江戸は、梅雨に入っていた。

「ふうむ。なるほど……」

と、秋山小兵衛がすべてをきき終えて、
「お前、五人のうちの四人を、いずれも足に傷を負わせたというのかえ？」
「はい」
「ふうん。やるねえ、お前も……」
「恐れいります」
「で……その、天野兵馬と井上八郎の一騎打ちはえ？」
「すさまじいものでした。井上さんも、左肩と、右の胸へ傷を負いましたが、ついに……ついに、兵馬を斬って倒しました」
「でかしたな」
「それはもう、一所懸命でございました、井上さんは……」
「うむ、うむ。で、その……女は……？」
「ついに、姿を見せませんでしたが……父上。あの、千代とやらいう女は、いったいどういう……？」
「うむ。その女、ひそかに後藤伊織に熱をあげていたが、伊織のほうでは相手にせぬ。仕方もなく、親たちがきめた縁談によって、天野半兵衛の妻となったが……それでも尚、美男の伊織が忘れられぬというやつさ。おそらく、半兵衛に抱かれているときも、夢中のうちに伊織の名を口走ったのだろうよ」

「しかも、敵討ちの道中で、義理の弟の兵馬に……」
「さ、それが女という生きものよ。男には、とうてい出来ぬことさ」
「恐ろしゅうございますなあ」
「そうさ。剣術よりも、むずかしいぞ」
「はあ……」
「それで、井上と伊織は、ぶじに大原へ？」
「はい。私がつきそい、村方へはなしをいたしまして……」
「そうか。それならよい。なれど、この後もゆだんはなるまい。お前に足を斬られた連中、だまってはいまいからな」
「それは井上さんも、伊織殿も覚悟しているようです」
「うむ、うむ……あとは、井上や伊織とやらが、好きにするさ」
「はい。なれど、父上……」
「なんだえ？」
「私のしたことは、間ちがっていなかったのでしょうか？」
「そうさ、な……」
と、秋山小兵衛が、ちょっとくびをかしげ、煙管に煙草をつめながら、
「ま、そんなところよ」

と、いった。

「は……それをきいて、安心しました」

「それよりも、な……」

「はあ?」

「いま、台所で、酒の仕度をしているおはるのことなのじゃが……実は、お前のゆるしをうけなくては……」

「と、申されますと?」

「おはると夫婦の盃をかわしたい。いいか、どうだえ?」

「そ、それは……父上の好き勝手に……」

「いいか、それで、大安心だ。これよ、おはる。大治郎がゆるしてくれたぞ。よろこべ、よろこべ」

おはるが、台所から飛んで出て、大治郎の前へ両手をつき、まっ赤になり、

「ありがとうございますよ、若先生」

と、いった。

秋山大治郎、憮然としている。

ふりけむる雨の中に、蛙の声がきこえていた。

まゆ墨の金ちゃん

一

すっかり、梅雨に入った。

来る日も来る日も、しとしととふりつづいていたが、その日はめずらしく朝から雨があがり、昼ごろには、すこし青空ものぞいたようである。

しかし夕暮れから、また、ふりはじめた。

浅草・元鳥越町に〔奥山念流〕の道場をかまえている牛堀九万之助は、そのふりけむる雨をながめつつ、夕餉の前の酒をのんでいた。

九万之助が好む酒は、近所の酒屋〔よろずや〕で売っている亀の泉という銘酒で、これを冬も夏も冷のまま、茶わんでのむ。

今年、四十一歳になる牛堀九万之助は、去年の冬に、女武芸者・佐々木三冬に関したことで、秋山小兵衛の来訪を受けてから、急に、小兵衛との親交が深まったようで

ある。庭の柿の木が、淡い黄色味をふくんだ白い小さな花をひっそりとつけていた。

牛堀道場は小さいけれども、名門の子弟が門人に多い。

上州・倉ケ野の出身で、生涯、妻をめとらず剣の道へ没入し、独自の境地をひらいた牛堀九万之助であった。

「先生……」

と、九万之助の身のまわりを世話している権兵衛という老僕が、蕎麦の実をまぜた嘗味噌と茄子の丸煮を運んで来て、

「いやな奴が、めえりましたよう」

しわだらけの老顔を顰めて見せた。

権兵衛も、倉ケ野の出身で、庄屋の次男坊に生まれた九万之助を幼時から面倒を見て来たのである。

「いやな奴……だれだ？」

「三浦の、女男よう」

それをきいて、九万之助が舌うちをもらし、

「居る、といったのか？」

「へえ」

「ばか。留守だといえばよいのに……」
「でもよう、わし、嘘が大きらいでよ。先生もきらいのはずだ」
「どうも権兵衛、何につけても融通のきかぬことおびただしいものがあるのだ。
「三浦が、何か私に、用事でもあるというのか?」
「あるとよう」
「よし、仕方もない。ここへ通せ」
「はあい」

権兵衛が出て行って間もなく、その三浦の女なる男なるものが居間へあらわれた。
ほのかに、白粉の香りが、男くさい九万之助の部屋にただよった。
これは、なんと、三浦金太郎の耳から匂うのである。
長身瘦軀の三浦金太郎、口の悪い権兵衛にいわせると、
「糸瓜の化け物」
だそうな。
ふにゃりと長い顔に、大豆の粒のような両眼。鼻すじも何やら折れ曲っている奇妙な風貌なのだが、れっきとした男性。年齢は二十八歳の独身である。
「よっ。牛堀先生、お久しゅうございます。や、茄子の煮びたしなぞで冷酒とはどうも、恐れいりました」

きんきんとひびく甲高い声でいうや、紺の越後縮を着ながらした長身を折り屈めるように入って来て、紅い唇を舌の先でちらちらとなめる。唇にも紅をさしているらしい。

眉墨もつけているのと見える。

つまり、男のくせに白粉を耳朶につけたり、口紅をさしたり、眉墨をつかったり……だから権兵衛が「女男」なぞと悪口をたたくのであろう。

それでいて、この三浦金太郎、剣術の腕前は相当なものなのだ。

父親は、何でも、三河・岡崎五万石、本多家の浪人だったそうだが、三浦金太郎が、どうして剣術の道へふみこんだものか、それは九万之助も知らない。

いずれにしても強い。天才的なところがある。

浪人剣客で、何をしているのか知れぬが、諸方の道場へも顔がきくし、いろいろとその、金が入る道もあると見え、いつも、しゃれた身なりをしているし、岡場所の女ども、

「この何です。耳の裏へ、ちょいとその、白粉をつけておきますと、がきゃあきゃあさわぎましてね。へ、へへ……」

なぞという。

いま、三浦が住んでいる深川の家へ移る前に、半年ほど牛堀道場へころがりこみ、九万之助の代りに門人たちへ稽古をつけていたものだが、なかなかどうして、三浦金太郎を打ち負かす門人は、いまの牛堀道場には一人もいまい。

「牛堀先生。今日は突然のこととて、土産も持参いたしません。どうかひとつ、おゆるしを……」

「ああ、わかった。それで、いったい何の用なのだ」

と、九万之助は「いっぱいのめ」ともいわず、めんどうくさそうに茶わんの酒をほした。

「先生。おながれをちょうだい」

「む……」

仕方なく、権兵衛をよんで茶わんを取り寄せようとするや、

「いえ、これでけっこう」

三浦は、九万之助の茶わんをさっと取りあげ、九万之助が酒をついでやると、

「かたじけなく」

ぬれぬれと紅い唇を茶わんにつけて、さもうまそうにのみほした。

九万之助は苦々しげに、

「何の用だ、三浦」

茶わんを置いて三浦金太郎が、ひざを乗り出し、

「先生はちかごろ、秋山小兵衛老先生と、御昵懇(じっこん)だそうにございますな」

と、いう。

「うむ。よく知っているな」

「いえそれは、こう見えても三浦金太郎、江戸の剣客の動静につきましては、かなり通暁(つうぎょう)いたしております。それはもう、実にその……」

「わかった、わかった。だから、どうしたと申すのだ?」

「小兵衛老先生の御子息にて、大治郎殿といわれるのが、真崎稲荷(まさきいなり)の近くに道場をかまえておられるそうで……」

「ああ、きいている。大治郎殿は去年、田沼様御中屋敷における試合で、みごとな手練(れん)をしめしたそうな」

「ははあ……」

「それがどうした?」

「実は……」

「なに?」

「実は……実は、その……その秋山大治郎殿の一命が危ういようなのでございますよ」

「な、なんと申す」

「つけねらわれておりますようで」

「まことか?」

「はあ」
「くわしくはなせ」
「くわしくと申されても、これには、いろいろと事情もございまして、申せぬこともございます。それはその、私にも、いろいろと立場というものがございましてな」
牛堀九万之助の眼の色が、すこし変ってきた。
「そりゃ、まことに、危ないのか？」
「秋山大治郎殿の腕前は、私、いささかも存じませんが……はい、はい。ちょいとあぶない」

二

牛堀九万之助は、夜に入ってから徒歩で、鐘ヶ淵（かねがふち）の秋山小兵衛宅へ向った。
九万之助が小兵衛の家へ着いたのは、五ツ（午後八時）ごろであったろう。
この日の夕暮れから……。
小兵衛宅では、小兵衛老人とおはるの婚礼がおこなわれていた。
これこそ、おはるが待望の宵（よい）であって、新郎六十歳、新婦二十歳。
さすがの小兵衛も、照れきってしまったが、

「大治郎が江戸へ帰って来たら……」
という、おはるとの約束をいまさらやぶるわけにもいかない。
「じゃが、大仰にするなよ」
小兵衛は、息・大治郎。
おはるは、関屋村の百姓・岩五郎とおさきの両親。
合わせて五人が席について、簡単きわまる盃事をおこなったのである。盃事さえすれば、もう、おはるは大満足なので、別に花嫁衣裳をほしがるわけでもなかった。
おはるの両親は、むろん、大よろこびであった。
盃事が終り、酒が出て夕餉が出て間もなく、牛堀九万之助が小兵衛宅へあらわれたのである。
「牛堀さん、よう来てくれた。今夜は酒の肴に事を欠かぬ夜だ。ゆっくりとのもうではないか」
小兵衛が九万之助を居間へ招じると、おはるはいそいそと酒の仕度に台所へ去った。
「雨の中を、よく来て……」
いいさして秋山小兵衛が、そこにすわっている九万之助の顔を凝と見て、
「なんぞ、急の御用か?」

九万之助がうなずき、

「お人ばらいを……」

と、いった。

「大仰な……」

「いえ、まことに、そうしていただかねと……」

「あの女は、わしが身内同然ゆえ、何をはなされてもかまわぬが……いや、せっかくにそういわれるのならば……」

小兵衛は、台所へ行き、おはるに「呼ぶまでは来ないでおくれ」といい、また、居間へもどった。

「秋山さん。いつぞや、私の道場におった三浦金太郎のことを申しあげたことがありましたな」

「あ、きいた。あの眉墨(まゆずみ)の金ちゃんのことかえ」

「これは、どうも……」

小兵衛は、九万之助から三浦のことをきいて、さっそくに異名をたてまつったのである。

「その三浦、先刻、たずねてまいりまして」

「ふむ、ふむ」

「三浦が申しますには、御子息のいのちをねらう剣客たちが、ひそかにうごきはじめたとのことで」
「大治郎の、いのちを、な……」
「さようでござる」
　三浦金太郎が先刻、牛堀道場へあらわれて、九万之助に語ったのは、つぎのようなことである。
　つい、一昨日の夜……。
　三浦は、深川・万年町にある松平和泉守下屋敷（別邸）内の中間部屋で毎夜のごとくひらかれている博奕場へ、あそびに出かけた。
　すぐ近くの蛤町の飛地にある西芳寺という小さな寺に、三浦金太郎は寄宿しているのだ。
　だから暇さえあると、松平屋敷の中間部屋へあそびに出かける。大名の下屋敷は一種の別荘のようなもので、そこにつめている〔わたり中間〕どもにろくな者はいない。
　下屋敷詰めの藩士たちへ、ひそかに金をわたして口を封じ、夜になると中間部屋を博奕場に変えてしまうのである。
　三浦金太郎は、剣客でありながら、裏へまわると、
「どこで何をしているものやら、さっぱり見当もつきません。まことに、ふしぎな男

でしてな」

牛堀九万之助が、小兵衛に、いつかそういったことがあった。

だが、別に悪事をはたらいているわけでもないらしい。

いつであったか、三浦が九万之助に、こういったことがある。

「牛堀先生。私は博奕だけでも、じゅうぶんに飯を食べて行けますし……それに、だまっていても餌をはこんでくれる女に事を欠きませんが、因果なことに剣術なぞが好きだものだから、どうも、二兎を追うかたちになっていけません」

さて、その夜。

三浦が博奕場で負けつづけ、

「ああ、もう今夜は、いけないねえ」

あきらめて腰をあげたのへ、すっと近寄って来た浪人が、

「三浦さん。しばらくですな」

と、声をかけて来た。

いかつい体軀の三十男で、名を内山又平太という。上州・沼田の浪人だそうで、これも三浦同様、相当な腕前の剣客であった。

内山又平太は、神田橋御門外に道場をかまえる念流・村垣主水のところへ、よく出入りをしている。

村垣が、同じ上州出身の故もあってのことだろう。村垣道場は、江戸でも繁昌をしている道場の中へ入るといってよい。村垣主水は、剣客としての世わたりが、三浦金太郎にいわせると、

「なかなかに巧妙で……」

なのだそうである。

村垣は、金ばなれもいいし、三浦もよく出入りをして、酒食をさせてもらいながら十日、半月と村垣道場へ逗留し、門人たちに稽古をつけてやることがある。

内山も三浦同様、というより彼は、ほとんど村垣道場に寝起きをしているらしい。

「おそらく、此処だろうとおもってな。いま西芳寺へ行ったら、出かけたというので」

と、いった。

「剣術をつかうより、博奕をするほうが骨だ。あぶら汗がふき出して来てね」

「三浦さん、汗で、まゆ墨が溶けかかっている」

内山は冷やかしたつもりだが、三浦金太郎いささかも動ぜず、

「内山さん。何か用かね?」

「ふうむ。それはさておき三浦さん。外へ出ぬか。はなしたいことがある」

「金になること?」

「なればこそ、あんたをさがしていたのだ」
「ほう。それはそれは、ありがたいことだ」
 三浦は「ちょっと待ってくれ」といい、中間の一人に小づかいをやり、手ぬぐいを熱い湯でしぼってこさせ、それで顔やえりくびをぬぐいきよめてから、鏡も見ずに、ふところから小さな畳紙に入った〔まゆ墨〕と小筆を出し、器用に眉を引いた。
 三浦金太郎の眉毛は、まことにうすかったのである。
 それを内山又平太は、苦笑を噛みしめてながめていた。
 中間部屋の連中は、三浦のこうしたふるまいを見飽きていて、ふり向きもしない。
 そこで三浦は、内山を油堀にかかる千鳥橋南詰の船宿〔瓢箪屋〕の二階座敷へ案内した。ここは三浦がなじみの船宿である。
 そこで、酒をのみながら内山又平太がいうには、
「浅草の橋場の外れに、小さな道場をかまえている秋山大治郎という剣客がいる。こやつ若いが、去年、田沼主殿頭様の御前試合で、大分に強かったそうな」
「ふむ……」
 うなずいた三浦金太郎は、
(内山は、秋山小兵衛先生の子息が大治郎だということを知らぬな)
 と、感じた。

もっとも三浦にしても、秋山小兵衛の名は、牛堀九万之助からきいたにすぎない。三浦や内山のような剣客と、小兵衛とは、江戸の剣術界において、

「もはや、世代が別」

なのである。

このごろの牛堀九万之助のことを語ったことがあったのだ。

三浦に、小兵衛と親密になった為か、一月に一度ほどあらわれる三浦は、小兵衛父子を見ていると、剣の道を外してしまいたくなる。しかし到底、あの

「おれも秋山さんを見ていると、剣の道を外してしまいたくなる。しかし到底、あの仁のまねはできない。あの自由自在、融通無礙の境地には、とてもとても……なれぬ以上、いまのままのおれを伸ばして行くよりほかに道はない」

そのとき、三浦が、

「ぜひ、私を秋山先生にお引き合せ下さい」

そういうと九万之助は、苦虫でも噛みつぶしたような顔つきになり、

「それなら先ず、まゆ墨や口紅を落して来い」

吐き捨てるように、こたえたものだ。

三浦金太郎は、内山又平太に対し、そしらぬ顔で、

「ふうん。それで、その秋山大治郎とやらがどうしたというのだね?」

「斬る!!」

「だれが?」
「われわれ、二人で斬る」
「ふうん……」
「斬れば五十両」
「ふうん……」
「悪くないはなしではないか」
「それはそうだね。だが、大治郎を斬る理由は?」
「知らん。しかし、大治郎は悪い奴だ、ときいている」
「ふうん。それで、金五十両はどこから出るのだね?」
「知らん。いや、それはいえない」
「お前さん一人で斬れば、五十両を一人じめにできるじゃあないか」
「む……しかし、念を入れて斬らねばならぬ。失敗はゆるされぬ。だから、あんたに助勢をたのみたいのだ。二十五両ずつでどうだ?」
 さすがに内山又平太は、秋山大治郎殺しの依頼者の名を明かさなかった。
 三浦金太郎は、
「二、三日、考えさせてくれ」
といい、内山と別れた。

翌日いちにち考えぬいたが、
「私はどうも、牛堀先生が好きなものだから、このことを内密にしてはおけない気もちになって、それでこうしておはなししたわけです。私の好きな牛堀先生が好きな、秋山先生の御子息のことゆえ……」
と、九万之助は、内山に語ったそうである。
三浦は、内山に、このはなしはことわるつもりだといって帰って行った。
「いかがおもわれます、秋山さん」
九万之助にいわれて、小兵衛は言下に、
「それはどうも、わざわざ、まことにもってありがとう。あなたの御親切は身にしみてうれしい。だが、牛堀さん。これは大治郎がことだ。大治郎もひとり前の剣客となるためには、こうしたことを一つ一つ、おのれのちからで片づけて行かねばなるまいし……また、それがために死んだとしても、これはもう仕方のないことではないか」
と、いいきったものだ。
牛堀九万之助、返すことばがなかった。
九万之助が帰った後……。
秋山小兵衛は妙に気がたかぶり、そのくせ、盃事の後の初夜？……だというので、念入りに寝化粧をして床へ入って来たおはるが、寝床へ入ったのだが、

「ねえ、先生……ねえ、ねえ……どうしなすったのよう」
しきりにせまってきたのだけれども、
「おはる、今夜は、どうもいけないよ」
「なぜ?……ねえ、なぜですよう」
「考えてもごらん。この新妻は六十だ。うまくゆかぬこともあるさ」
そういうよりほかに、仕方がなかった。
すねて背中を向けたおはるのことよりも、寝間の闇の中に浮かんで来るのは、息子・大治郎の若い顔だちなのである。

　　　　三

翌朝、また、雨がやんだ。
さり気なくしてはいるが、やはり、小兵衛は落ちつかぬ。すこし前に食べた朝飯も、砂を噛んでいるようなおもいだったのである。
「ちょいと、せがれのところへ行きたいのだが、おはる、舟を出してくれるかえ?」
「あい、あい」
おはるには小兵衛の胸のうちまで、おしはかることができない。

「先生。今夜は、しっかりとしていてくれないと、いやだから……」

「うむ、うむ……」

「ねえ、先生……」

「お前、昨夜、わしと夫婦の盃事をしたのだろう。そうなったら、もう先生とはよばない、お前さんとかあなたとか、旦那さまとか、そうよびたいといっていたではないか」

「あれ、いやいや。まだ、はずかしいよう」

「と、まったく罪がない。おはるが舟の舫を解き、身仕度をした秋山小兵衛が縁先へ出たとき、

「ごめん下さい」

男装の佐々木三冬が、いつものように颯爽とあらわれた。

「おや、いらっしゃい」

と、今朝のおはるは、人がちがったように愛想がよかった。それもこれも、小兵衛と夫婦の盃をかわしたので、おはるはおはるなりに大きな自信をもつにいたったからであろう。

三冬は、そうしたことを知らぬたのみだが、おはるはすこしも気にしないようになっているではないか。例のごとくちらと、おはるを見やって軽くうなずい

「秋山先生。ずいぶんと御ぶさたいたしましたので……」

「おたがいさまじゃよ」

「お出かけでございますか?」

「うむ。せがれのところへ、ちょいとな」

「御子息がおいでだったので?」

三冬は意外そうな顔つきとなった。そういえば小兵衛、大治郎のことを一言も三冬に語っていなかったのである。

「若先生はね、真崎さまの裏に道場をかまえているんですよう」

おはるが、自慢そうに三冬へいった。

「道場……剣術の?」

「さようさ。ちょうどよい。お前さんに大治郎を引き合せておこうか。せがれは旅から帰ったばかりでね」

「それは、いささかも存じませんでした。お供いたします」

橋場へ舟を着け、小兵衛と三冬をおろし、おはるがにこにこと笑いながら竿をあやつり、大川（隅田川）をもどって行くのを見送った佐々木三冬は、その変貌ぶりに瞠目し、くびをかしげている。

小兵衛は早くも、大治郎の道場へ向っていた。あわてて、三冬が後を追った。

道場に、大治郎はいなかった。

井戸端で洗濯をしていた近所の百姓の女房・おこうが、唖ゆえに身ぶり手ぶりで大治郎の外出を小兵衛に告げた。

小兵衛は引き返した。

今戸の本性寺へ、亡母と嶋岡礼蔵の墓参りにでも行ったのかとおもい、立ち寄ってみたが、大治郎はいない。

本性寺の門前へ出て、秋山小兵衛がどんよりと曇った空を見あげ、おもわずふといためいきをもらすのを見て、

「先生。いかがなされました？」

「いや……別に……」

「何やら、お気にかかることでもございますのか……なれば、三冬におきかせ下さいませ。どのようなことにしても、お手つだいさせていただきとうございます」

小兵衛の前へまわり、ひたと見つめてくる三冬の両眼には、まさに女の情熱が燃えている。小兵衛への思慕はいささかも変りがないようであった。

小兵衛が眼をそらし、

「いや、なに、三冬どのよ……」

「はい？」

「秋山小兵衛も、なるほど、老いぼれになったものだ……と、そう考えていたまでのことさ」
「なにを申されますのか、先生がそのような……三冬には、先生の若わかしさのみが眼に映りまする」
「ふ、ふふ……」
小兵衛が、さびしげに笑い、
「わが手からはなれ、わが手よりはなした一人前の息子の身を案ずるなどとは……まさに、笑止のきわみだ。この秋山小兵衛ともあろうものが、さ」
三冬には、わからない。
これ以上は、佐々木三冬などが立ち入ることのできぬもの……とでもいったような小兵衛のきびしい表情を見て、三冬は、ことばもなくうなだれた。
ちょうど、そのころ……。
浅草・元鳥越の牛堀道場へ、またしても三浦金太郎があらわれていた。
道場では、猛烈な稽古がおこなわれている。
牛堀九万之助は見所にすわり、門人たちの稽古を凝視していたが、老僕・権兵衛がそっとうしろへ来て、
「先生。また、女男が来たよう。道場で竹刀の音がきこえたのじゃあ、居留守もつか

えねえ。それにょう、女男が……」

女男、三浦金太郎は権兵衛に、

「私が来たことをつたえれば、牛堀先生はきっと会って下さるよ」

と、いったそうな。

果して、牛堀九万之助は住居への渡り廊下を走るようにしてわたり、居間へ来た。

「先生。昨夕は失礼をいたしまして……」

「うむ、うむ」

「あのこ、ことを、秋山小兵衛先生へ、おつたえ下さいましたでしょうか?」

「む。つたえた」

「なんと、おっしゃいましたな?」

そこで九万之助が、昨夜の小兵衛のことばを三浦につたえ、

「剣士として当然のことながら、秋山さんの情の強さには、おれもいささかおどろいた」

と、いった。

「ははあ……」

「何が、ははあ、だ」

「なるほど」

「何がなるほどだ。ひとり合点はやめい」
「恐れいりました。しかし牛堀先生。秋山先生がさようにおっしゃられるならば、これはなんですな。私が内山又平太の助勢をしてもかまいませんな」

 すると三浦金太郎が、じろりと三浦をにらんだ。
「いえ、おもて向きだけの助勢ですよ。それで二十五両になります。秋山大治郎殿と内山又平太の斬り合いを、私はながめているだけにしておきますが、いかが?」
 九万之助はこたえない。いつまでもいつまでも三浦を見つめている。九万之助の眼の色は深く、光が凝っていた。
 これに対して三浦金太郎、いささかもたじろがず、これも牛堀九万之助の眼をまもっている。
 しずかに、雨の音がきこえはじめた。
 ややあって、九万之助が、
「おぬしが、その内山なにがしの助勢ということになれば……内山の動静がいちいち、おぬしの耳へ入る、というわけか……」
「さよう」
「内山又平太のうごきを、おぬしはおれに、そっとつたえてくれるか」

「さよう」
「ふうむ……助勢は表向きのことなのだな、たしかに？」
「私は、二十五両をせしめればよいので……ですが先生、内山一人にて秋山大治郎殿を討ったるときは、それもまた、私の関知せぬことでございますよ」
「わかった」
　牛堀九万之助の渋い顔貌（がんぼう）が、ようやくに、すこしゆるんだようであった。

　　　　四

　この夜。
　三浦金太郎は、深川・千鳥橋の船宿で内山又平太と会った。
「どうだな、三浦さん。こころを決めてくれたか？」
「私が、お前さんに助勢することを、秋山大治郎殺しの依頼主（ねし）は知っているのかね？」
「知らん。あんたのことはだれにも洩（も）らさぬ。これは、拙者（せっしゃ）ひとりでやることになっている。しかし、前にも申したとおり、失敗はゆるされぬ。それで念を入れて、あんたをたのんだのだ」

「よし。引きうけよう、三浦さん」
「かたじけない、三浦さん」
　内山のふとい鼻がひくひくとうごいた。眼に殺気がただよいはじめた内山は、せわしくふところから小判十三枚を出して三浦の前へおき、
「半金のうちの十三両だ。残りは大治郎を仕とめて後。残りのぶんは拙者が十三両取る。よろしいな」
「ほう。では、こうした仕事をたびたびしていなさるのか？」
「なにをいわれる。こうした仕事には、これが定法というものですぞ」
　うす笑いをうかべていう内山又平太へ、三浦金太郎が、
「なんだ、二十五両をすぐにもらえるとおもっていた」
と、三浦。
「で、いつ殺るね？」
　内山は、気味悪い顔つきになり、だまった。
　それへ乗りかかるように内山が、
「今夜でもいい。大治郎の道場へ斬りこもう」
と、いった。
「いや、今夜はまずい」

三浦が十三両をふところへ仕まいこみ、
「私も、その大治郎が住んでいる場所を見ておきたい。明後日ではどうかね?」
「よろしい」
内山は女中をよんで硯箱(すずりばこ)をはこばせ、秋山大治郎の道場周辺の見取図を描き、三浦へわたした。
「拙者は、もう見て来ている。あんたひとりのほうがよい」
「大治郎を見たかね?」
「二度ほど、外へ出て来たところを、見た」
「どうだね?」
「いや……それが……やはり、あんたをたのんでよかったとおもうた」
うめくように、内山又平太がいう。大治郎の挙動を木立の陰から注視して、内山は
さすがに、
(これは、相当なものだ)
と、見きわめたのであろう。
瓢簞屋(ひょうたんや)を去る内山を、三浦が見送ったのはそれから間もなくのことであった。三浦はまだ、瓢簞屋へ残っている。
「おい、米吉(よねきち)」

三浦金太郎がふところから金を出して、土間から駆け寄って来たなじみの若い船頭の米吉へ、そっとつかませ、
「いまのさむらいがどこへ行くか、後をつけろ。気取られるなよ」
と、いった。
 米吉はうなずいて雨合羽をつかみ、すぐに出て行った。
 一刻ほどして、米吉が帰って来た。
 三浦はまだ、瓢箪屋で待っていた。
「米吉。気づかれなかったろうな?」
「大丈夫です、先生」
 米吉が語るには、あれからまっすぐに内山又平太が帰ったところは、神田橋御門外の村垣主水道場であったそうな。
 内山が村垣道場へ帰るのは、寄宿先でもあるのだから、すこしもふしぎではないわけだが、
「ふうむ……」
 三浦は、沈思した。
 自分が助勢をすることを「依頼主にはつたえぬ」という内山のことばが、本当なら

(別に、どういうこともない。しかし……)

しかし、もしも、内山がひそかに依頼主へ三浦助勢のことを告げたとしたら、これは状況が変ってくる。

つまり、三浦が承知したことを、内山はすぐに依頼主へ報告しに行くはずだからだ。

となれば……。

村垣道場または村垣主水自身が、その依頼主に関係があることになるではないか……。

間もなく、三浦金太郎は瓢簞屋を出た。

依然、雨はふりけむっていた。

三浦が、牛堀道場の小さな門の前まで来たときには、四ツ（午後十時）をまわっていたろう。

門の扉を叩こうとして三浦はやめ、傘と足駄を、先ず塀ごしに門内へ投げこんでいてから、塀を乗り越えた。まるで山猿のような身軽さであった。

かまわずに、つかつかと庭へ入り、牛堀九万之助の居間の雨戸の外へ来て、これをしずかに叩きつつ、

「先生。先生、三浦金太郎です。開けて下さいませんか」

と、いった。

すぐに、九万之助が起きて来て、雨戸をひらき、
「何か、あったのか？」
「はあ……」
「さ、あがってくれ。門を叩いてくれればよかったのに……」
九万之助も、これまでとは三浦への態度が変ってきている。自分が大好きな秋山小兵衛老人の、
（おれにできることなら、なんでもしよう）
と、それをおもうと、九万之助には小兵衛の態度が冷然として見えるだけに、
（大治郎殿は、ただ一人の御子息だ）
牛堀九万之助は、そうおもいはじめていた。
そのころ……。

神田橋御門外の村垣道場のあるじ・村垣主水の居間で、主水と内山又平太が二人きりで密談をかわしていた。
「そうか。ふむ、よし、よし。三浦金太郎が承知したか、それならよし。おぬしと三浦の二人を相手にしては、秋山大治郎もかなうまい。大丈夫だ。ふむ、大丈夫だ」
と、村垣主水が満面を笑いくずした。

総髪を肩までたらし、夏羽織を着ている主水は五十をこえているだろう。見たところはいかにも堂々としていて、門人三百を数える大道場の主にふさわしい威容をそなえている。

すこし前に、主水は神田の馬ノ鞍横町の妾宅から帰邸したばかりである。主水は妻女に六人の子を生ませ、若い妾にも三人の子を生ませているとか……。

「これは、わしからおぬしへの寸志だ。些少だが取っておけ」

金五両を紙に乗せ、主水が内山又平太の前へ置いた。

「先生。このような御心配を……」

「かまわぬ。取っておけ」

「は……では、かたじけなく……」

「そのかわり、かならず大治郎を斬れ」

「心得ております。ですが、先生……」

「なんだ？」

「これは、いったい、どのようなすじからの……？」

「きくな‼」

「は……」

「ほんらいなれば、わしが斬らねばならぬ奴なのだ、秋山大治郎という奴。なれど、

いまのわしにその自由はない。諸大名家へも出入りをし、門人多数を抱えおる責任も ある。おもてに出てはまずいことになる事情もあってな」
「よう、わかりました」
「たのむぞ。いつ殺る？」
「明後日の夜ふけに……」
「ぬかりはないとおもうが、くれぐれも……」
「おまかせ下さい」
「早く引き取ってねむれ。いま、女中に酒をとどけさせよう」
「かたじけのうござる」
「あのみよとか申した若い女中だ。遠慮なく、好きにしてよろしい。ふ、ふふ……」

　　　　五

　翌朝、といっても、まだ秋山小兵衛とおはるが寝間から出て来ぬうちに、
「ごめん。ごめん下さい」
　土間の戸を叩いて、牛堀九万之助の声がきこえた。
　はっと目ざめた小兵衛が、ばね仕掛の人形のように飛び起き、走って土間まで出た

が、そこで呼吸をととのえ、つとめてものしずかに、

「牛堀さんかえ？」

「いま、開けますよ」

「さよう」

おはるは、起きてこない。

あれからずっと、小兵衛はおはるを抱かぬ。

(孫のような女房に、なんで、わしが……)

と、おもいはしても、そこは男だ。いつしか小兵衛もおはるを女房あつかいにしていて、他人には見せぬ不安や不きげんも、ついつい、おはるの前では気がねなしに露呈してしまうのである。

おはるは、抱いてくれぬ老夫を怒っている。

ふて寝をしているのであった。

九万之助を迎え入れた小兵衛が、みずから茶をいれた。

「昨夜おそく、三浦がまいりましてな」

「まゆ墨の金ちゃん……」

「さよう。実は……」

と、牛堀九万之助が、昨夜、三浦からきいたことを小兵衛に打ちあけ、

「秋山さん。いかが、おもわれます?」

「と、いうと……?」

「その内山又平太と村垣主水とは、御子息殺害の件について、何やら、かかわり合いがあるとおもわれませんか?」

「村垣……やり手だ。いまどきの剣客商売は、ああでなくてはならぬ。剣術のみか世故にも長け、理財にも長じている。裏が深い。金をまわして、高利貸もしているそうじゃよ」

「そ、それはまことのことで?」

「牛堀さんとは、だいぶんにちがうねえ」

「秋山さん。お気づきのことはないのですか?」

「さて……せがれのことゆえ、わしは、何も知らぬ。なれど、あなたのおこころづくしには小兵衛、まことにもって……」

と、表情は変えずに小兵衛が軽く両手をつき、

「かたじけない」

「私、気が気でなくなりましてな」

「いや、まったく申しわけもない。しかし、牛堀さん。これは放っておいていただきたい。これほどのことが切りぬけられなくては、せがれもひとり立ちが出来ますまい

「は……それは……」
「牛堀さんなら、わかっていただけるとおもうのじゃが……」
「はあ……」

小兵衛にここまでいわれては、九万之助も引き下るよりほかはなかった。

立ちあがって牛堀九万之助が、
「内山と三浦が、御子息の道場へ斬り込むのは、明日でござる。ただし、三浦は手を出しますまい。このことだけを、最後に申しあげておきましょう」
「む……かたじけない」

小兵衛は両手をついたままであった。

九万之助が去ると、小兵衛の両肩が、がっくりと落ちた。

ようやくに、おはるが起き出して来るのへ、小兵衛が怒鳴った。
「おはる。大治郎がところへ行く。仕度をしろ」

おはるが青くなり、目をみはった。

いままで、これほど凄まじい小兵衛の見幕に接したことがなかったからだろう。
「あの、先生よ……朝ごはんは……?」
「いらぬ。早く仕度をしろというのじゃ‼」

舟が橋場の渡しへ着くまで、小兵衛は川面を凝と見つめたまま、おはるに声もかけなかった。

大治郎の家の方へ去る小兵衛の後姿へ、舟を川面へ出して行きながら、おはるが竿を振りまわし、

「先生の、ばか……」

と、いった。

おはるは、泪ぐんでいる。

秋山大治郎は父・小兵衛を迎えたとき、井戸端で水を浴びていた。台所で味噌汁のにおいがしている。啞の女房が朝の仕度をしているのだ。

「あ、父上……」

こんなに早くから、めずらしいことがあるものだ、といいたげに、大治郎が肌を入れて、

「先ず、お入り下さい」

「いや。ここでよい」

雨はやんでいるが、灰色の雲が厚く、まるで夕暮れどきのような朝であった。

見つめ合っている父と子の間を、糸蜻蛉がたよりなげに飛びぬけて行った。

「大よ。神田橋門外の村垣主水、知っていような？」

「はい」
「会うたことがあるかえ?」
「いえ、名のみのことでございます」
「では……お前とは何も、かかわり合いがなかったのだな?」
「村垣先生が、私と……いえ、何もありませぬ」
「そうか、ふむ……そうかえ。では、村垣の門人とも?」
「存じませぬが……父上。何故、そのようなことをおききになりますか?」
「いや、別に……」
いいさして、小兵衛は黙りこみ、空を見上げた。何やら一心におもいつめているようであった。このような父の姿を、大治郎はかつて見たことがない。
「父上……」
「あの、な……」
「はい?」
「いや……なんでもない。よし、よし。わかった、わかった」
背を返し、小兵衛が立ち去って行った。足どりが何かもつれるように見えた。
大治郎は、むしろ茫然と、これを見送ったのみである。
(いったい、父上はどうなされたのか……?)

わからぬ。いかに考えてみても、わからなかった。
いっぽう秋山小兵衛は、どこをどう歩いて来たものか、よくおぼえていない。
気がつくと、浅草寺境内の休み茶屋の腰掛にぼんやりとかけていたのである。
内山と三浦の大治郎襲撃は、明夜だという。
（いまからでも、遅くはない……）
のだ。
自分が手を貸してやらずとも、明日の襲撃のことを大治郎に告げてやれば、大治郎のこころ構えもちがってくる。迎え撃つための手段をめぐらしておけば、よもや不覚をとるまい。
だが、ついに告げてやらなかった。
（大治郎は、おのれ一人のちからにて、切りぬけるべきである）
この剣客としての信念から告げなかったのだとすれば、それは父としての愛から発したものなのか……それとも、小兵衛の術いから出たものなのか、わからなくなってしまい、小兵衛は茶代を置くと、またしても歩き出した。
もう自分で自分が、わからなくなってしまい、小兵衛は茶代を置くと、またしても歩き出した。
小兵衛が、神田橋御門外へ着いたとき、うす陽がもれはじめた。今日いっぱいはも

ちこたえそうにおもわれる。

村垣道場は、三河町一丁目の角地にある。ひろい道をへだてて前に江戸城の濠をのぞむ絶好の場所だ。

小兵衛は、その濠端沿いの道を北から南へ、二度三度と、行ったり来たりした。梅雨のはれ間をさいわいに、人出も多い。道場の表門から門人たちが出入りしているのを横目に見やりつつ、小兵衛は、

(なんで、わしは、このようなまねをしているのか……?)

よく、わからなかった。強いていうなら、村垣主水が何故、大治郎のいのちをねらっているのか、それを知りたかったのであろう。

だからといって、白昼、このような見張りをしたところで、どうなるものでもないのだ。日ごろの小兵衛にしては、やることなすことがまったく幼稚であった。

(たしかに、わしは、動転しているらしい……)

がっくりと濠端に立ちどまったとき、村垣道場から、数名の門人に見送られて、村垣主水があらわれたではないか。

小兵衛は、あわてて背を向けた。

村垣は供もつれず、悠然として、濠端の道を南へ行く。

そして、竜閑橋をわたったところで、手にした編笠をかぶった。

小兵衛は後をつけている。にわかに小兵衛の老体が熱くなり、血が躍動しはじめてきたようだ。

やがて村垣主水は、堀江六軒町にある料亭〔桜屋〕へ入った。

ここは、日本橋川と江戸橋の東方の入り堀とが合する地点で、思案橋の東詰にあたる。

桜屋は、このあたりできこえた料亭で、小兵衛も二度ほど来たことがあった。

村垣主水が入った後、やや間をおいて小兵衛も桜屋へ入り、小座敷へ案内させ、すぐに、座敷女中へ、

「酒をたのむよ。それから、何か、うまいものをな」

と、いいつけた。その声が、いつもの小兵衛にもどっていた。

酒をはこんで来た小肥りの、愛嬌のよい女中へ、

「お前さん。ふくふくとしていい女だのう。肌が白い。年増ざかりだ。たまらぬなあ」

いいつつ、小兵衛の手は早くも、たっぷりと〔こころづけ〕を入れた紙包みを、女中のたもとへ落しこんでいたのである。

「あれ、こんなにいただきまして は……」

「ま、いいわさ。さて、酌をしてもらおうかね」

「あい」
「ところで、いま、わしより一足先に、ここへ入って来た立派なさむらい。あのお人はわしの知合いでな、村垣主水先生といって、大変な剣術つかいだよ」
「あれ、よう御存知で」
「相手はだれだえ、村垣先生のさ。ふ、ふふ。お前さんのように乙な年増かえ?」
「まあ、とんでもございません。村垣様の御相手は、越後の溝口様の御用人、伊藤彦太夫様でございますよ」
「ほう。そうかえ、そうかえ」
さり気もなく笑っていたが、秋山小兵衛の胸はとどろいた。
越後新発田五万石、溝口主膳正の用人をつとめる伊藤彦太夫なら、かの〔剣の誓約〕事件で、秋山大治郎が右腕を切って落した伊藤三弥の父ではないか。
「村垣様は、溝口様御上屋敷へもお出入りなすって、御家中のみなさまへ、剣術を教えておいでだそうでございますねえ」
「お……そうらしい。それで、伊藤彦太夫様とは、よく、ここへ?」
「あい。このごろは、よう、お待ち合せでございますよ」
「そうかえ、そうかえ」
小兵衛は、話題を変えた。女中に怪しまれてはならぬ。

あの事件が起ったのは、今年の、まだ春も浅いころであった。

大治郎の第二の師ともいうべき嶋岡礼蔵と柿本源七郎の真剣試合がおこなわれようとする前日の夕暮れどきに、病体の柿本の身を案ずるあまり、柿本の弟子でもあり色子でもあった十九歳の伊藤三弥が、ひそかに弓矢をもって嶋岡を襲った。

嶋岡礼蔵は三弥の矢をうけて斃れ、秋山大治郎は、その場で伊藤三弥の右腕を切り落し、三弥は逃走し、以後は行方不明である。

そして柿本源七郎は、嶋岡との誓約に汚れをつけたおのれの不明を、自殺というかたちでつぐなった。

この悲劇を、まだ読者諸賢はおぼえておいでのこととおもう。

（では、伊藤三弥が、ひそかに父のもとへかくまわれ、父の彦太夫は大治郎を憎むあまり、金をもって刺客を雇ったのか……または、三弥は依然、行方知れずであっても、彦太夫自身の憎しみから大治郎をほうむろうとするのか……）

その、いずれかにちがいないと、秋山小兵衛は見きわめをつけた。

その伊藤彦太夫と村垣主水が編笠に面をかくし、前後して桜屋を去ったのちに、小兵衛も桜屋を出て行った。

六

翌日、またしても雨となった。

その雨の音に聞き入りつつ、秋山小兵衛は一日中、寝床からはなれようともせぬ。

おはるは、びくびくしながら、音をしのんで家事をしていた。

今日も、ほとんど口をきいてはくれぬ小兵衛であったが、昨日までの小兵衛とは、

（どこか、ちがっている……）

ことが、おはるにも察しられた。

仰向（あおむ）けに寝たきりの小兵衛だが、時が移るにつれて、天井を見上げている両眼に生き生きとした光が加わってくるのを、おはるは見た。

七ツ（午後四時）ごろ、むっくりと起きあがった小兵衛は、風呂（ふろ）場で水を浴び、おはるに用意をさせた白粥（しらかゆ）を梅干と瓜の漬物で二杯ほど食べ、

「雨の中をすまないが、おはる。舟を出しておくれ」

と、いった。

以前の小兵衛の、やさしい声になっていたので、おはるは飛び立つように、いそいそと仕度にかかった。

小兵衛は、雨合羽に笠をかぶり、裾を端折って素足に草鞋をつけた。そして、さらに傘を持ち、腰には例のごとく、堀川国弘一尺四寸余の脇差ひとつを帯びている。
雨の大川を、おはるはたくみに舟をあやつり、小兵衛を橋場へわたした。
「おそくなっても、かならず帰るよ。安心をして待っておいで」
「あい」
無邪気に、おはるはうなずき、よみがえったような元気さで、
「お酒の仕度、しておきますよう」
「お、たのむ」
それから半刻（一時間）後に、小兵衛が歩み出した。
おはるの舟が引き返して行くのを見送ってから、小兵衛は、大治郎の道場の東側の木立の中へひそみかくれていた。
橋場の町で買った茣蓙を二枚重ねて敷き、その上へすわりこみ、ぬいだ笠のかわりに傘をさした。まわりは欅と櫟の林で、その底の闇に、小兵衛の両眼だけが白く光っていた。

（とうとう、わしゃ、出て来てしもうたわえ）
おぼえず、苦笑がうかんだ。
昨日、料亭・桜屋で、村垣主水と伊藤彦太夫がひそかに会ったのをたしかめてから、

にわかに、小兵衛のこころも定まったのである。

（これでは、相手がどのような手段をもちいるか、知れたものではない）

と、おもった。

三浦金太郎は「助勢はしない」といったそうだが、しかし、村垣が念のために別手の刺客をさし向けることも考えられる。

（そのような卑怯なまねをするのだったら、わしが出てもよいのであった。

だが、なんといってもそれは、小兵衛の〔こじつけ〕であったのやも知れぬ。これまで必死に堪えていたものが、昨日の桜屋以来、きっかけを得て堪え切れなくなったのを、われから理由をつけて飛び出して来たのである。

夕飯の後始末を終えた啞の女房が台所から出て来て、わが家へ帰って行くのを小兵衛は見た。

さ、それからどれほどの時間がすぎたろう。

一刻、二刻……小兵衛は雨の中にすわり、身じろぎもせず、これも橋場で買って来た酒をなめながら、待ちに待った。

大治郎も、寝入ったらしい。

きこえるのは、傘を打つ雨の音のみであった。

（来た……）

闇になれた秋山小兵衛のするどい眼が、大治郎の家の向う側の木立の中からあらわれた二つの黒い影をとらえた。

大治郎は、ほとんど戸締りをしていないはずである。

石井戸の傍に立ち、黒い影二つ、何かささやき合ったかと見る間に、ぎらりと抜刀した。

そして二手に別れた。

一人は、道場の土間から、一人は台所から打ちこむつもりらしい。二人とも黒い布で顔をおおっているので、どちらが三浦か内山か、小兵衛にはよくわからぬ。

台所口から、一人が戸を引き開け、中へ入って行った。

道場の方へまわった一人のうごきはつかめぬ。

小兵衛は木立から走り出て、石井戸の陰へ身をひそめた。

よほどに飛びこもうとおもったが、相手は二人のみらしい。

（これしきのことで大治郎が討ち取られるのなら、それも仕方がない。よし、わしは他の敵に備えよう）

とおもったのだが、やはり落ちつかなかった。

（ええ、もう、かまわぬ）

国弘の脇差を引きぬき、小兵衛が台所口から飛びこもうとした、その瞬間であった。

家の中で、物凄い絶叫がきこえた。

つづいて、何とも形容のしがたい音響が起り、はたと絶えた。

と……。

台所口から黒い影が一つ、よろよろと外へ吐き出され、

「う、ううっ……」

低く、うめきつつ、その黒い影が五、六歩も歩いて、いきなり泥濘(でいねい)の中へ転倒したものである。大治郎ではない。

すると、つづいて秋山大治郎が大刀をひっさげ、台所からあらわれた。

(よし。ようやったぞ。なれど、いま一人は……?)

小兵衛が、身を乗り出そうとしたとき、

「秋山大治郎殿」

彼方(かなた)の闇から声がかかった。

大治郎が屹(きっ)と見やった。

「私は、いま、あなたが斬って捨てた男といっしょに来たものです。いままで、私は、その男の助勢をせぬつもりでいたが……しかし、気が変った。あなたは寝床にいて、只一刀のもとに斬った。すばらしい、その男が上から刺した刀をかわし、ぬき打ちに、

実に、まことにすばらしい」
声の主が闇の幕を割って、長身をあらわした。
覆面をむしり取り、昂奮の声で、さらにいった。
「私、三浦金太郎と申す。名もなき剣士だが、それゆえにこそ、ぜひともあなたと勝負を決してみたくなった。いけませんか、どうです？」
「御随意に」
こたえた大治郎の声は、落ちつきはらったものである。
かくれている小兵衛は、身ぶるいをした。
「では、まいる」
ぱっと飛び下って三浦金太郎、大刀を下段に構えたか構えぬかに、秋山大治郎が刀をひっさげたままの姿で、事もなげに、するすると三浦へ近寄って行くではないか。
その、まるで水がながれるかのごとき自然さに、さすがの小兵衛が、
（あ……）
おもわず腰を浮かした。
三浦も、はっとしたらしい。
このように大胆で、しかも自然な敵の接近を彼は経験したことがない。
あっという間に、二人の剣士の間合がせばめられた。

こうなっては引くも退くもならぬ。

切羽つまった三浦金太郎が、

「たあっ‼」

猛烈な気合声を発し、大治郎へ大刀を突きこんだ。

刀身と刀身が嚙み合う音が闇を二つに割り、ぱっとはなれた二人は息もつかせずに、またもたがいに斬って出た。

「むうん……」

と一声。

三浦が刀を落とし、くずれ折れるように倒れた。

大治郎は、立ってこれを見まもっている。

「でかした‼」

と、小兵衛が躍り出そうとした、その声を別の男の声が先にうばった。

「それがしは、秋山小兵衛先生と親しき者でござる。牛堀九万之助と申す」

その男、まさに九万之助であった。

九万之助も小兵衛同様に、どこかで見張っていてくれたにちがいない。

「でかした」の声をのみこみ、小兵衛はくびをすくめ、そそくさと櫟林の中へ逃げこんだ。

牛堀九万之助と大治郎が、まだ息の絶えていない三浦金太郎を家の中へはこびこんだのは、そのすぐ後のことであった。
手当をしようとする九万之助を制して、三浦がいった。
「もういけませんよ、牛堀先生。それにしても、三浦。つまらぬことをしてしまいました。もう、女も抱けぬし、酒ものめない……ですが、先生。やはり私は、剣術つかいの血が本すじだったのですねえ」
三浦のまゆ墨も口紅も雨に叩かれ洗われて、糸瓜顔が紙のように白かった。
「それにしても、このお人……秋山大治郎さん。た、大変なお人さ」
にやりと大治郎を見上げて、三浦金太郎が、
「いまに、お父さんのように、なるかも知れないねえ」
妙に、やさしい声でいった。
そして、ぐぐっと息をつまらせたかとおもうと、見る見る死相をあらわし、
「牛堀先生。ふところに、まゆ墨の畳紙が入っている。出して、下さい」
「よし……これか」
「はあ。小さな筆が入っている。それをぬらして、まゆ墨をたっぷりとつけ、私の手に……」
「む……こうか、これでよいか?」

「はあ……顔をふいて下さい」
「よし、よし」
九万之助が手ぬぐいで、きれいにぬぐってくれた自分の顔へ、まゆ墨の筆を持った三浦金太郎の手がしずかにのびていった。しかし、その筆の先が、うすい眉のあたりへ、とどくかとどかぬかのうちに、三浦の手から、はたと筆が落ちた。

翌朝。ひそやかにふりけむる雨の中を秋山大治郎が父の家をおとずれると、小兵衛は縁側で、おはるの豊満な両腿(りょうもも)の上へ白髪あたまを乗せ、耳の掃除をしてもらっていた。

血色のよい老顔をうっとりとさせ、小兵衛が、おはるのひざのあたりを撫(な)でている。

「父上……」
「お、大治郎か。どうした？」
「は、いささか、申しあげることのございまして……」
「ふうん。何か、あったのか？」
「はい」
「ふうん。ま、ゆっくりして行け。もうすぐにすむ。それから茶でものみながら、お前のいうことをゆっくりきこう」

「はい」
「おはる。まことに、よい気もちだよ」
おはるが鼻を鳴らしてこたえに代えた。
どこからか、山梔子(くちなし)の花のにおいがただよってきている。

御老中毒殺

一

女武芸者・佐々木三冬が、根岸の我が家を出たころは、梅雨明けの青空が眩しいばかりであったが、坂本・車坂を経て浅草への大通りを下谷広徳寺門前をすぎようとしたとき、突如、雨が叩いてきた。

これが、

「あっ……」

という間もなく、すさまじいばかりの驟雨となった。

三冬は、白麻の小袖に夏袴をつけ、ゆいあげたばかりの若衆髷も颯爽として、素足に絹緒の草履といういでたちである。

「これは、いかぬ」

とっさに三冬は、通りの南側、下谷稲荷神社の大鳥居傍に出ている葭簀張りの茶店

へ駆けこんだ。

茶店にいた人びとは、三冬を見て息をのんだ。

美貌 (びぼう) の、二十の処女 (はたち・おとめ) の男装でありながら、剣の修行に鍛えられた五体のうごきのさわやかさは、

(女とも、おもえぬ)

のである。

佐々木三冬は、細身の大刀を腰から外し、

「亭主。茶をもらいたい」

と、いった。

女声ながら凛 (りん) として、茶店の亭主も他の客たちも、一種ふしぎな生きものを見るようなおもいで、うっとりと三冬に見惚 (みと) れている。

雷鳴が空を引き裂き、あたりいちめん、白い雨の幕に閉ざされたとおもったら、たちまち、嘘 (うそ) のように熄 (や) んだ。

すると、すぐに雲間を割って、夏の陽が落ちかかってきた。

三冬は、それでもまだ、腰掛にかけたまま、ゆっくりと茶をのんでいる。

秋山小兵衛の助けを得て、市ケ谷 (いちがや) の井関道場の紛争を解決し、道場を閉鎖したのはよいが、今度は三冬自身が、体をもてあましてきはじめた。

道場の四天王の一人でいたころは、日毎に亡師・井関忠八郎の道場へ通いつめ、多くの門人たちへ稽古をつけていた佐々木三冬だけに、
（これでは、腕も体も鈍ってしまう）
と考え、湯島五丁目に道場をかまえる江戸屈指の名流・金子孫十郎信任のもとへ出向いて稽古をはじめたが、この日、三冬は、久しぶりに秋山小兵衛を訪問すると共に、
（小兵衛先生の御子息・大治郎殿と申さるるお人が、橋場近くに道場をかまえている。この前、小兵衛先生と共にたずねたとき、御子息は留守であったが……そうじゃ、小兵衛先生に引き合せていただき、御子息と手合せをいたしてみるもおもしろい）
と、おもいたった。
　それで、早めの昼飯をすませ、三冬は鐘ヶ淵の隠宅へ、小兵衛を訪問しようとする途中だったのである。
「亭主、勘定をこれに置く」
　銭を置いた三冬が立ちあがり、ふと外を見やり、
「や……」
　にんまりと、笑った。
　これも、どこぞの軒下で雨やどりをしていたらしい人びとが、どっと通りへあふれ出て来る中に、三冬は、父・田沼主殿頭意次の家来、飯田平助を見かけたからである。

飯田平助は、田沼家の〔御膳番〕をつとめる三十石二人扶持の、身分のかるい家来だ。

〔御膳番〕というのは、殿さまである田沼意次が口にする食料品のいっさいを吟味するのが役目で、三冬が平助を知っているのは、平助の息子の粂太郎が、かつて井関道場の門人であったからだ。

飯田平助のことを、田沼家の人びとは、

「歯ぬけ狸」

などと、よんでいる。

まったく、そのとおりの容貌なのであった。

小さな体の、小さな狸そのものの顔へ胡麻塩の髷がちょこなんと乗っている。

前歯がすっかりぬけ落ちていた、十も二十も老けて見える飯田平助であった。

すると……。

その平助が下谷稲荷社の前を通りすぎようとしたとき、西側にある武家屋敷の塀外からあらわれた町人ふうの若い男が、すれちがいざまに、平助の懐中物を掏り取ったものである。

雨あがりの道を行く人びとの中で、これに気づいたものは一人もない。

だが、佐々木三冬は飯田平助があらわれたのを見ていただけに、はっきりとこれを

目撃した。

（あ……平助め、みごとにしてやられた）

なおさらに可笑しさがこみあげてくる。

平助は気づかぬ。そそくさと、上野の方へ去って行った。

三冬は平助をほうっておき、浅草の方へ足を早めはじめた掏摸の後をつけることにした。

二

若い男の掏摸は、両側に大小の寺院がならびたつ新寺町の通りを、まっすぐに浅草へ向っていたが、そのうちに、東岳寺と西光寺の間の道を、北へ切れこんで行った。きっちりと着物をつけ、角帯、白足袋という、あくまでも堅気の風態なのである。

掏摸は、ここも両側が寺院ばかりの道を北へ……入谷田圃の方へ向って行く。

二度ほど、うしろを振り向いたが、後をつけて来る者もいない。

日ざかりの白い道にも、人影が絶えていた。

掏摸の男の歩調がゆるみ、ふところへ両手をさしこみ、飯田平助から掏りとった紙

入れの中から金だけを取り出し、空の紙入れを捨てようとした、そのとき、
「待て」
先まわりして、清光院という寺の塀の陰から、つとあらわれた佐々木三冬が、
「ふ、ふふ。見ていたぞよ」
と、いった。
掏摸はぎょっとしたが、三冬のたおやかな若衆ぶりを見て、これが女とは気づかず、
それだけに、
(なんだ、こんな優男か……)
と、おもったらしい。
ちらと、うしろを振り向き、ほかに通行の者もいないと見てとるや、ものもいわずに、ふところの短刀を引きぬきざま、
「野郎‼」
三冬へ突きかかって来た。
もとより通じるはずはない。
ふわりと掏摸の短刀をかわした三冬が、
「それっ」
わずかに腰を沈めたかとおもうと、

「うわ、わ……」

掏摸の体が宙を飛び、道へ叩きつけられていた。

「う、うう……」

打ちどころが悪かったらしく掏摸め、息がつまって身うごきもできぬ。

近寄った三冬が、掏摸のふところから飯田平助の紙入れを引き出して、これをわが懐中にし、さてそれから、

「これ。二度と悪さができぬようにしてやろう」

いうや、地面に伏せてうなり声をあげている掏摸の右の手ゆびをつかんだ。

掏摸の悲鳴が起こった。

三冬に、手ゆび二本の骨を折られたのだ。

「ふ、ふふ……」

笑って背を返し、悠然と遠ざかって行く佐々木三冬。これが二十のむすめの所業とは……。

それから間もなく……。

ほど近い東本願寺・境内の茶店で、三冬は平助の紙入れの中身をあらためてみた。

いずれ明日にも、神田橋御門内にある父の屋敷へおもむき、飯田平助を呼び出し、

「昨日は、ひどい目にあわなんだか、どうじゃ？」

などといって、からかってやるつもりの三冬であったが、紙入れの中身を見るうち、その切長の両眼へ異様な光が加わってきた。

紙入れに小判で十両。飯田平助の身分としては平常の懐中金ともおもえぬ大金である。

それはよいとしても、何やら、いわくありげに油紙にくるんだ小さな包みを、三冬が、

（何であろう？）

好奇心から封をはがし、ひらいてみて、

（こ、これは……？）

はっとした。

油紙の中に、薬の包みが入っていたからである。

それも、ひらいてみた。

ひとさじにも足らぬ白い散薬であった。

かすかに、かすかにうす紅色が白さの中にただよっている。匂いは、ほとんどなかった。

（なんの薬か……？）

通常の薬のあつかい方にしては、いかにもなっとくがゆかぬ。

薬包も油紙にくるみ直し、平助の紙入れへしまい、これを懐中した三冬の美しい面が、いくらか青ざめている。

境内の木立に、蟬が鳴きこめていた。

男を男ともおもわぬ女武道の佐々木三冬の白い額へ、じっとりとあぶら汗がうかびはじめた。

やがて……。

三冬の姿を、鐘ケ淵の秋山小兵衛宅に見出すことができる。

小兵衛は、ただひとり、昼寝をむさぼっていた。

おはるは、関屋村の実家へ野菜でももらいに出かけたのか、留守であった。

小兵衛は、三冬がさし出した紙入れと、くだんの散薬を、かなり長い間、無言で見つめつづけていた。

「せ、先生。それは、もしやして、毒薬では？」

たまりかねて、三冬が口をきった。

「三冬どのは何故、そうおもうな？」

「は……」

「かまわぬ。いってごらん」

「その紙入れのもちぬし、飯田平助は、父・田沼意次の御膳番を相つとめおります る」

「老中・田沼侯が日常、口へ入れられる食物をつかさどるが役目、ということじゃな」

「さようでござります」

「その御膳番が、いわくありげな薬を紙入れの中に、ただ一包みだけ、しかも厳重に封をした油紙に包み、所持していたという……」

「さ、さようでござります。平助めは、何者かにたのまれ、父を毒殺しようとしているのでは……」

「それに、金十両……」

「三十石二人扶持の飯田平助が、十両もの金を所持しておりますこと、怪しゅうございます」

「いちいち、わしもおなじ考えじゃよ、三冬どの」

「では、先生も……」

「この薬と紙入れは、わしがあずかっておこう。ごく内密に薬を鑑定してもらおう。ま、わしにまかせなさい」

「よろしゅう、おねがいいたします」

「三冬どのは何くわぬ顔にて田沼様屋敷へおもむき、わしの使いが行くまでは田沼屋敷へとどまっていなさい。なあに、明日には迎えをやる」

「心得ました」

「そしてな、だまって、飯田平助の様子を見まもっているがよいじゃろ。では、いっしょに出かけようか」

秋山小兵衛は、紙に「ちょいと出かけてくる」と書き、居間の机の上へ置いた。このごろ、おはるは小兵衛に教えられ、すこしは読み書きができるようになっている。

戸じまりもせずに、仕度をして外へ出た小兵衛が、

「その飯田平助の顔かたちは、どんなかね？」

「はい。家中では平助がことを、歯ぬけ狸などと、申しております」

「歯ぬけの、たぬきな……ふうん、そうかえ」

　　　　三

秋山小兵衛と佐々木三冬は、両国橋の東詰で別れた。両国橋を西へわたって行く三冬を見送ってから、小兵衛は、本所・亀沢町に住む町

医者の小川宗哲をたずねた。

小兵衛と宗哲の親交は、すでに十五年におよんでいる。

本所界隈で、宗哲の名声は大きい。

身分の上下にかかわらず、その行きとどいた診察と治療に変りはなかった。

折よく、小川宗哲は在宅していた。

「これは小兵衛さん。急用かの？」

七十をこえていながら宗哲の老顔は血色があざやかに浮き出し、音声が澄み通ってきこえるのである。

「宗哲先生。今日はひとつ、何もきかずに、私のねがいをおきき下さらぬか」

小兵衛がそういうと、言下に宗哲が、

「あ、いいよ」

と、こたえた。

「お人ばらいをねがいたい」

「あ、いいよ」

奥の間で、二人きりになった。

「この薬を、御鑑定ねがいたい」

「どれどれ……」

かの散薬を受け取った小川宗哲が、しきりに匂いを嗅いでいたが、ややあって、

「これは、毒薬じゃよ」

「やはり……」

「まさに」

「においが、いたしますかな？」

「医者の鼻は、別ものじゃよ、小兵衛さん」

「なんという毒薬なので？」

「きかぬほうがええわい。日本のものではないとだけ、いうておこう」

「なるほど……」

「このようなものを、あんたがどうして……いや、これは、事情は何もきかぬということじゃったな」

「そうしていただきたい」

「いいとも」

「では、これにて……」

「もう、お帰りか。久しぶりで碁をやろうとおもうたのに……」

「ちょいと急ぎますゆえ……」

「さもあろうよ。そんな物騒な品物を手にしているのじゃものな」

「そうじゃ。宗哲先生。ここへ駕籠をよんでいただけますかな？」
「わけもないこと」
宗哲は手を打って女中をよび、近くの駕籠屋へ走らせた。
間もなく来た町駕籠に乗って、小兵衛は、四谷・伝馬町の御用聞き・弥七の家へ出向いて行った。
弥七の女房おみねは伝馬町で〔武蔵屋〕という料理屋を経営している。
「まあ、先生。弥七はいま、外へ出ておりますので」
「おみねさん。今日は帰るまで待たしてもらうが、いいかえ」
「はい、はい。そうなすって下さいまし。ちょうど、よい鮎が入っておりますし……」
「それはいい。酒もたのむ。おやおや、いつの間にか夕暮れになってしまった。腹もぺこぺこさ」
武蔵屋の二階座敷で、小兵衛が、おみねこころづくしの料理で酒をのんでいると、やがて、弥七が帰って来た。
「これは先生。お久しぶりで……梅雨の間は、ついつい、ごぶさたをいたしてしまいました」
「弥七。おたがいさまじゃよ。ま、わしがこうしてあらわれるときは、きまって、お

前に面倒をかけることになる。すまぬとおもっているぞ。いや、すまぬ、すまぬ」
「とんでもねえことを……さ、何なりと、おっしゃって下さいまし」
「だが今度は、お上の御用をうけたまわるお前に、はたらいてもらってよいことなのだよ」
「なんでございますって……?」
弥七は緊張した。
「はなしてきかせる前に、だれも、ここへ入って来ぬようにしてきてくれ」
「ようございますとも」
いったん廊下へ出た弥七は、すぐに座敷へもどって来た。
「先生。いったい、何のことなのでございます?」
「他言は無用だぞ、弥七。今度のことはな、おもいがけぬ大きなひろがりをもっているようにわしはおもう」
「へえ……?」
「お前に、さぐってもらいたいのは、歯ぬけ狸……」
「た、たぬきでございますって……」
「狸面をした人間ということじゃよ」
「な、なあんだ」

「ま、よくきけ。お前のことだから何も彼もはなしてきかせる。だが弥七。今後の行動については、面倒ながら、いちいち、わしと連絡をとってくれぬと困る。つまりはそれほどに、重大な事柄らしいからじゃ」
「よく、わかりましてございます」
「ま、ひとつ飲まぬか……」

　　　四

　田沼意次の上屋敷がある神田橋御門内は、江戸城の曲輪うちで、城の外濠・内濠にかこまれた宏大な地域に官邸をかまえる大名たちは、いずれも幕府閣僚か譜代の大名ばかりである。
　佐々木三冬は、田沼屋敷へ来ると、いつも自分が使用する〔欅の間〕というのへ入った。
　大名屋敷では、表と奥がはっきりと区別されてい、女たちは奥方から侍女にいたるまで公務がとりおこなわれる〔表御殿〕へは決して顔を見せないのだが、三冬だけは別である。女ながら、ぴたりと男装が身についているし、三冬もまた、父の屋敷へ来たときは、

（男のつもり……）
で、いるのだそうな。

田沼意次は、あの〔井関道場の紛紏〕以来、妾腹のむすめ・三冬が以前にくらべて、よく屋敷をおとずれ、自分に会ってもくれるので、
「三冬は、秋山小兵衛先生の薫陶をうけるようになってから、だいぶんに変ってまいった。よいことじゃ、うれしゅうおもっている」
などと、用人の生島次郎太夫にもらしたという。

秋山小兵衛と別れ、父の屋敷へおもむいた三冬は、欅の間でしばらく休息をしてから、廊下にあらわれた。

すでに、廊下の掛行燈に灯りが入っていた。

長い廊下をたどり、表御台所のとなりにある御膳番の控所へ、三冬がぶらりと入って行くと、そこに、飯田平助の同僚で、これも御膳番の最上郁五郎がいて、何やら帳簿をしらべていた。

三冬を見て、最上は平伏した。
「飯田平助はおらぬのか？」
「はっ。今日は出ておりませぬ。非番でございまして……」
「お、さようか……」

「何ぞ御用なれば、よびよせまするが……」
「いや、よい。平助のせがれ、粂太郎は元気でいる様子か、きいてみたいとおもうた」
「さようで……」
十五歳の飯田粂太郎が、もと井関道場へ通い、三冬に剣術の稽古をつけてもらっていたことは、最上もよくわきまえている。
「よし、よし。久しぶりに粂太郎の顔も見たい。私が平助の長屋へまいろう。たれぞ、案内をたのむ」
「心得ましてござります」
飯田平助の長屋は、邸内・北面の塀に沿った下級藩士の長屋の一つで、四間仕切のものであった。
三冬を案内して来た足軽を帰してから、
「佐々木三冬じゃ。粂太郎はいるか？」
三冬が、戸口を開けて声をかけた。
平助の妻・米と粂太郎が、あわてて駆けあらわれた。
「あっ……先生」
「粂太郎。元気のようじゃな。いますこし待て。そのうちに、お前が稽古によいれる

ような道場を、私が見つけておこうゆえ……」
「かたじけのうござります」
「むさ苦しゅうはござりますが、先ず、おあがり下されませ」
と、これは米である。
「む……飯田平助は?」
「非番にて、昼前より外出をいたしておりまする。あかるいうちにもどるとと申して出ましたのでございますが……」
「まだ、帰らぬ?」
「はい。なんぞ、平助に御用でも?」
「いや、別に……」

実に、そのときであった。
当の飯田平助が、勝手門へ通ずる石畳の上を踉蹌として帰って来た。
夕闇が夜のそれに変じ、平助の黒い影が、ふらふらとゆれながら小さな門を入り、戸口へ近寄って来て、三冬を見るや、ぎょっとなって立ちすくんだ。
「まあ、どうなされました?」
妻の米が、平助へ声をかけた。
「顔色が悪い。なんぞ、あったのか?」

三冬が、さりげもなくいうと、平助は、
「いえ、別に、その……これは、わざわざのおこし……」
かすれ声のあいさつのことばもままにならず、よろめくようにあたまを深く下げたまま、顔を上げようともせぬ。
「体のぐあいでもわるいのか?」
「はっ。急に、腹痛を……それで……ひらに、おゆるし下されまするよう」
「かまわぬ。入ってやすめ。これ、粂太郎。一度、私の根岸の家へあそびにまいれよ」
いうや、三冬はすぐに背を返して、飯田平助の長屋を去った。
(平助め。途中で、紙入れのないことに気づき、狼狽して、来た道を引き返し、道へ落したのではないかと、さがしまわっていたにちがいない。それにしても、あのとき平助は何処へ行ったのか……下谷稲荷前で見かけたときの様子では、浅草の方角から来たようにおもわれる。あの薬が毒薬だとしたら、それを浅草のあたりで手に入れ、屋敷へ帰る途中であったものか……?)
こうなると三冬も、緊張せざるを得ない。
あの毒薬を父の田沼意次を殺害するために用いるのか……それときめこむわけにはゆかぬが、なんといっても平助は、意次が口にする料理、酒のいっさいをつかさどり、

検分するのが役目なのである。

それだけに、三冬も捨ててはおけない。

以前は、父をうとましくおもっていた三冬であったが、今年になってからは、何かと父に会う機会が多くなり、秋山小兵衛にもよくよくいいふくめられたので、幕府政治に隠然たる勢力をふるう政治家としての父に、三冬はすこしずつ、理解を抱きはじめてきている。

この夜。

佐々木三冬は、田沼屋敷へ泊った。

父・主殿頭意次にも会い、意次はよろこんだが、

「今夜は、ちといそがしい。ま、ゆるしてくれ、三冬」

といい、夕餉をすますと、ひとり居間へとじこもってしまった。

政治向きの用事がいろいろと、わが屋敷の夜の時間にまで追いかけて来るのであろう。

翌朝になって……。

この日は、当直で御殿へ出仕するはずの飯田平助があらわれない。

急病の届けを出して、御役目を休んだのである。

昼近くなって、田沼邸へ、三冬をたずねて来た若いさむらいがあった。

この、堂々たる体躯の若者は、門番に、
「秋山小兵衛の代りにまいりました。佐々木三冬どのへお目にかかりたい。私の名は、秋山大治郎と申します」
と、名のった。

　　　五

秋山大治郎は、やがて、欅の間へ通され、そこで三冬に会った。
「あっ……あなたは、あのときの……」
と、大治郎がおどろけば三冬も、
「ま……その折は、まことに失礼」
顔を、あからめた。
二人は、この春の或る日。たがいにそれと知らず、秋山小兵衛宅近くの堤の道で出合い、三冬の美しさに瞠目した大治郎を、
「何ぞ用か？」
と、三冬が切りつけるようにいい捨て、立ち去ったことがある。
大治郎がわたしてよこした小兵衛からの手紙を三冬が読み終えてからも、一人は剣

の道についてを語りあった。

大治郎は半刻(一時間)ほど、三冬と語り合ったのち、帰って行った。

小兵衛の手紙は、件の薬が、まぎれもなく毒薬であったことを告げ、さらに、

「……これよりは息・大治郎を自分の使いとして、そちらにさし向けるが、いますこし、田沼様御屋敷へとどまり、陰ながら父君の身をおまもりありたい」

と、あった。

三冬も、昨夜以来のことを手紙にしたため、大治郎へ託した。

日暮れ近くなってから、三冬は、飯田粂太郎をよび寄せた。

「粂太郎。お前に、よいお師匠さまを見つけてやった」

「まことでございましょうか?」

「浅草の橋場近くの、真崎稲荷の裏に道場をかまえておられる無外流の秋山大治郎と申さるるお人じゃ」

「はあ……」

「先ほど、これへ見えられたので、お前のことを、よろしゅうたのんでおいた」

「ありがとうございます」

「不足そうだな」

「は……いえ……」

「いまは、無名のお人だが、私よりも、ずっとすぐれておられる」
「はい」
「私も時折、これからは、秋山大治郎どのの道場へまいり、稽古をするつもりでいる」
「まことでございますか？」
「それ、すぐにうれしそうな顔つきになる。それほどに私を慕ってくれているのか？」
「よし、よし。ときに粂太郎……」
「は？」

粂太郎は顔をあからめ、うつむいた。
少年の純真さが、だれの目にもあきらかなのである。
「父が急病だそうな。どうしている？」
「ふせっております。朝から一口も食べませぬし、母が医者を、と申しましても、承知いたしませぬ」
「病気なのに医者をよばぬと？」
「はい。内にございました薬を服用いたしました。さほど悪いともおもわれませぬ。ただ暑気にあたりましたものか、元気がございませぬ」

「さようか、な……」
「いずれにせよ、このごろ、どことなく元気がございませぬ。長屋へもどりましても、めったに口をきくことがなくなりまして……」
「ほう。ずっと以前からか？」
「いえ。この春ごろから、急に、無口となり、何やら一人で、凝と考えふけっていることが多くなりました。母も案じております」
「ほんらいなら〔殿さま〕のむすめにあたる三冬へ、下級藩士の子が、かるがるしく口をきけたものではないのだけれども、粂太郎は三冬に剣術の手ほどきをうけ、三冬もこれまで手塩にかけて面倒を見てやっているだけに、粂太郎は語りはじめるとこころがゆるみ、つい、甘えて、なんでも打ちあけてしまうのであった。それがまた、三冬には可愛い。
粂太郎が去ったのち、三冬は、御膳番の控所へ行ってみた。御膳番は三人いて交替につとめる。異状はないようだ。
（飯田平助が、出仕せぬかぎり、先ず大丈夫と見てよいが……）
しかし、油断はならぬことはいうまでもない。
ところで、その翌日。
三冬は、すこしも知らなかったのだが、いつの間にか飯田平助が外出をしていたの

である。
「知合いの医者の診察をうけてくる」
といい、平助は出て行った。
この日は、平助の非番にあたる。
だから屋敷のものたちは、だれも不審とはおもわなかった。
飯田平助が、神田橋御門を出て、いずれかへ行くのを、濠端の茶店に張りこんでいた四谷の弥七は、すぐに見つけた。
(なるほど、狸面というのは、まさにあれだ)
弥七は、尾行を開始した。
今度のことでは、小兵衛から「大変だろうが何事も一人でやってくれ」といわれているので、下っ引の徳次郎をつかうこともできない。
「だれか用事で来たら、小田原へ、ちょいと行った、そういっておけ」
と、弥七は女房にいいつけてある。
相州・小田原には、弥七の親類の者がいる。
この日も快晴で、日毎に暑さがつのってくるようだ。
夜がふけてから秋山小兵衛の家へあらわれた弥七を見るや、小兵衛が、
「先ず、汗をながせ。湯はすぐにわく。それから、ゆっくりとはなしをきこう」

といい、おはるに風呂の仕度をさせ、酒肴の仕度には、自分が台所へ立って行った。

六

飯田平助が、田沼意次に召し抱えられたのは安永元年（一七七二年）のことだから、足かけ七年前になる。

平助は、信州・上田の浪人だそうで、三十に近くなってから江戸へ出た。

当時、一子・粂太郎が生まれたばかりであったろう。

二年ほどして平助を世話する人があり、一橋家へ奉公することを得た。むろん、身分は低い。

一橋家は、八代将軍・徳川吉宗が、第四子の宗尹に江戸城一ツ橋門内の宅地をあたえ、一家を成さしめたのがはじまりである。

将軍・吉宗は、別の子の宗武にも田安家を創立せしめた。

その後、現将軍・家治が、弟の重好に清水門内へ宅地をあたえ、清水家をたてさせたので、この一橋・田安・清水の三家を、徳川の【御三家】とよぶ。

尾張・紀州・水戸の三大名が、いわゆる【御三家】であって、御三卿はそれに次ぐ家格をもち、三位・中納言の官位をうけ、幕府から十万石の賄料を受けている。

一橋家も、他の二家と同様に、家政は幕臣が入って切りまわす仕くみになっていた。

五年前に亡くなった田沼意誠は、意次の弟で、一橋家へ入り立身して家老になった。

それも、兄の田沼主殿頭意次が将軍の寵愛をうけ、その勢力が大きくふくらむにつれ、一橋家にいる弟の意誠も出世して行ったわけだ。

いま、田沼意次は弟の子であり、自分の甥でもある意致を、

（なんとか、亡き弟と同じ一橋家の家老にしてやりたいものだ）

と考え、諸方へ運動中らしい。

田沼意致は、いま、幕府の御目付をつとめているが、権勢ただならぬ伯父のはからいによって、一橋家の家老になることは、

「間ちがいない」

と、だれもが見ている。

こういうわけで、一橋家は、幕府の管理のもとに、

「成り立っている」

と、いってよいのだから、幕府最高の権威をもつ田沼意次が、自分の甥を家老職に就けることなどは何でもないことなのだ。

しかし意次は強引に、おのれの威勢をひけらかして事をはこぶようなまねはせず、弟の死後、五年の間に、将軍・家治や、他の幕府閣僚へもなっとくの行くような方法

ではたらきかけ、また、一橋家の当主である徳川治済の了解もとりつけ、ようやくに、
「間もなく、上様のおゆるしが出ようとおもう」
甥の意致に、先ごろ、ほっとしたような面もちで告げ、
「一橋家の家老となったあかつきには、この伯父や、亡き父の名をはずかしめぬよう
に」
くれぐれも、いいふくめたそうな。
先ず、田沼意次と一橋家とは、こうした関係にあったわけだ。
この物語が年月と共にすすむにつれ、両家の関係がどのように、田沼意次や佐々木
三冬、そして秋山小兵衛父子へ影響をもたらすことになるか……筆者も実は、たのし
みにしているのである。
さて……。
飯田平助が、一橋家から田沼家へ移った年は、田沼意次が三万石の加増をうけ、正
式に〔老中〕に就任した年でもあった。
こうなると、意次の政治家としてのスケールはさらにひろがり、家来の数も不足に
なってくる。
抜擢がおこなわれ、その後の下級藩士の人数が、ことに不足となった。
それに引きかえ、一橋家では家来の数が多すぎる。

そこで一橋家から、足軽をふくめて三十余名が、田沼家へ移されたのだ。
その中に、飯田平助もふくまれていたのであった。
ところで……。
飯田平助を尾行したのち、鐘ヶ淵の隠宅をおとずれた御用聞きの弥七が、秋山小兵衛と酒をくみかわしつつ、めんみつな打ち合せをとげた翌日、田沼屋敷では平助が出仕して来た。
平助は、いくらか元気をとりもどしている。
これは昨日、外出をして、どこかでだれかと会い、その結果、やや安心の状態になったのではないか……。
「父が出仕いたしました。だいぶんによろしいようでございます」
と、粂太郎が三冬に告げに来た。
「ほう……出仕したか。それはよかった」
「御心配をおかけいたしまして……」
粂太郎は父の秘密を何も知らぬ。健康そうな、いかにも童顔の愛らしさを残した前髪の少年なのであった。
粂太郎が去って間もなく、秋山大治郎が三冬をたずねて来た。
大治郎は父・小兵衛の手紙と共に、小兵衛が三冬からあずかっていた飯田平助の紙

入れを、
「父が、お返しいたすそうで」
「はい」
うけとって、手紙を読み終えた三冬が、
「よう、わかりました」
「では、これにて」
「大治郎どの」
「なにか?」
「おねがいのことあって、いずれ、参上いたしまする」
「なんのことでしょう?」
「門人をひとり、あずかっていただきたいのです」
「わかりました」
淡々と、大治郎がうけ合う。
秋山大治郎が帰ってのち、三冬は欅(けやき)の間を出て、廊下をたどり、御膳番(ごぜんばん)の控所へ向った。
家来たちは、三冬の姿を見かけて、
「めずらしいことじゃ」

「三冬さまが、このように長逗留をなさるとは……」
「殿も、およろこびだそうな」
「なれど、いまは御用繁多にて、親しく、お語らいもできぬらしい」
などと、うわさをし合っている。
廊下から控所へ入って来た佐々木三冬を見て、帳簿に目を通していた飯田平助が、
「これは、これは……」
両手をつくのへ、
「病気は、もうよいのか？」
「はい。もはや大丈夫にて……」
「そうか……」
三冬が、つと平助の前へすすみ、あたりを見まわし、ほかに人影のないのをたしかめてから、
「平助」
「は？」
「忘れものじゃ」
いうや、小兵衛が返してよこしたあの紙入れを、平助の前へひょいと置いた。
このときの飯田平助の驚愕を、なんと表現したらよいだろう。

ぽっかりと口を開けたままの、平助の顔が控所の空間に凍りついたようになった。

三冬は、すぐに立ちあがり、後も見ずに、さっさと欅の間へ引き返してしまった。

紙入れの中の金十両はそのままだが、毒薬の包みは、まだ小兵衛の手もとにある。

　　　　　七

この日いちにちを、飯田平助が、どのような心境ですごしたかは、筆者も知らぬ。

佐々木三冬も、あれからすぐに田沼屋敷を去った。

翌日、平助は非番であった。

朝から顔が青い。

妻・米も、粂太郎も心配をした。

「どうもいけない。知合いの医者に、診てもらってくる」

こういって平助が田沼屋敷を出たのは、四ツ（午前十時）ごろであったろう。

それきり、夕暮れになっても平助は帰邸しなかった。

米と粂太郎が、居ても立ってもいられなくなってきた。

そのすこし前に、佐々木三冬が、田沼屋敷へ引き返して来たものである。

すでに、田沼主殿頭意次も城中から退出し、帰邸していた。

「父上へお目にかかりたい。すぐにじゃ」

と、三冬は、用人・生島次郎太夫にいった。

「いそがしい。明日ではならぬのか?」

田沼意次は、生島用人にいったそうだが、

「明日ではならぬゆえ、いますぐに、と申したのじゃ。いま一度、父上に、そう申しあげてもらいたい」

三冬は、生島を押し返した。

「では、これへ……」

やむなく意次は、三冬を楓の間とよばれる〔書斎〕へまねいた。

「なにごとじゃ、三冬、……」

「おいそがしいのに、ごむりを申しあげましたなれど、急ぎますので……」

「いうてごらん」

「人ばらいを……」

「なに……?」

意次が、怪訝そうな表情をうかべた。

「まげて、おねがいを……」

三冬は、凝と父の眼を見つめている。

意次は小姓に、人ばらいを命じた。
そこにいて意次へ何枚もの書類をひろげて見せていた生島次郎太夫も、引き下って行った。

「これで二人きりじゃ。いったい何のことなのかな?」
それでも意次は、妾腹のむすめながら、いちばん可愛い三冬が、こうして秘密めいたはなしをもちかけてきてくれたのを、うれしくおもっているらしい。
痩せて小柄な、さっぱり風采のあがらぬ田沼意次の風貌は、いまをときめく幕府老中の貫禄だとか威厳とかに、程遠いものであった。御城へあがって、老中職のつとめをはたしているときの意次も同様である。いささかも辺幅を飾ろうとはせず、いつも淡々としている。

三冬が、語りすすむにつれ、意次の老顔から微笑が消えていった。
しかし、かなり長い時間をかけて三冬が語り終えたとき、ふたたび意次の頬に笑いが浮きあがってきた。
「ようも知らせてくれた。ありがとう」
意次は、むすめの手をとり、押しいただくようにした。こころから、そうおもっているのだ。
それでいて意次は、自分の御膳番をつとめている飯田平助が、ひそかに毒薬を所持

していたことへのおどろきも怒りも見せていないのである。
　三冬は、
（これほどまでに……）
　父の肚がすわっていたようとは、これまで、おもいおよばなかった。
　だが、
「これよりは、じゅうぶんに気をつけねばなるまい」
　こういった意次の声は、まじめなものであった。
「父上。いかがなされまする？」
「さよう……」
「秋山小兵衛先生は、別に、いろいろとおはたらき下さいましょうが……」
「さようか……秋山先生には面倒ばかり、かけていることになるのう」
「はい。先生は、この御屋敷内のことは父上に、何事もおまかせいたしておりばよい。尚、父上より、なんぞ御申しこしのことあらば、うかがってまいるようにとのことでございます」
「さようか……」
　それからしばらく、意次と三冬は語り合っていたが、三冬は夕餉もとらずに帰って行った。

そのあとで、意次の夕餉の膳がはこばれようとしたが、意次はこれを制し、生島次郎太夫と二人きりで密談に入った。

生島用人は、殿さまの田沼意次腹心のものである。

家老たちや重役に相談をかけては大事になってしまう。これを避けるために、意次は生島へはかったのであろう。

二人の密談は、さほどの時間を要さなかった。

はなしが終ると意次は、すぐさま夜の行列の用意をさせ、食事もとらずに上屋敷を出て、日本橋・浜町の中屋敷へ向った。

幕府への届けは、

「急病のため、中屋敷において三日の静養をする」

と、いうものであった。

「何事が起ったのだ？」

「殿は、つい先ほどまで、御元気におわしたではないか」

「いかにも。それにしても奇妙な……」

家臣たちは、狐につままれたような顔になった。

いっぽう、飯田平助は、まだ帰邸せぬ。

妻と子が心配し、平助の同僚・最上郁五郎のところへ相談に行ったので、最上が上

役のもとへ走り、ああでもない、こうでもないといい合ううち、突然、殿さまが中屋敷へおもむくことになったので、屋敷内が急にいそがしくなり、飯田平助のことなど、一時は忘れられてしまったようだ。

八

そのころ……。

飯田平助は、どこにいたのだろうか……。

浅草に、新堀川(しんぼりがわ)という〔堀川〕がある。

大川(おおかわ)(隅田川)の水を、幕府の御米蔵の南側から引きこみ、阿部川町(あべかわちょう)から東本願寺の西側をぬけ、浅草田圃(たんぼ)へつづいているのが新堀川だ。

大川から汐(しお)がさしてくると、舟も通れるし、石神井用水(しゃくじいようすい)のあまり水も、新堀川へ落すことができる。

その浅草田圃の、新堀川に面した一隅に、木立にかこまれた屋敷が一つある。あまり大きな屋敷ではないが、これは一橋家の所有になるもので、控屋敷(ひかえやしき)の内の一つといってよい。

四ツ(午後十時)ごろであったろうか……。

この屋敷の裏門が、音もなく開き、五つの人影を吐き出した。

風も絶えた夏の夜の闇が、重く、蒸し暑くたれこめている。

新堀川をへだてた、こちら側の木立の中に、秋山小兵衛・大治郎父子と、御用聞きの弥七がひそみかくれていた。

弥七は先日、田沼屋敷を出て来た飯田平助が、一橋家の控屋敷へ入り、日暮れ前に出て来て、田原町で駕籠をやとい、田沼家へ帰って行ったのを見とどけている。

そして今日も……。

神田橋御門外に張りこんでいた弥七が、またしても浅草の控屋敷へ向う飯田平助の後をつけて行ったのだが、この間、弥七は大治郎と連絡をとり、大治郎はすぐさま、父・小兵衛のもとへ駆けつけ、このことを知らせたのであった。

「そうか……ふむ。ふむ。そろそろ、大詰だな」

と、小兵衛はいい、すぐさま身仕度をととのえ、おはるがあやつる舟に大治郎と共に乗り、山之宿の河岸へ着けさせ、そこから弥七が見張っている木立の中へやって来たものである。

それから何時間も、三人は木立の中にうずくまって、飯田平助が出て来るのを待った。

「もしやすると……」

と、秋山小兵衛が、
「平助は、屋敷内で殺されてしまったかも知れぬな」
つぶやいた。
「では、父上。屋敷内へ忍び入ってみましょうか。いかが?」
「ま、そこまでせずともよいだろうよ。これは何も彼も、田沼様の腹中にあることゆえ、な」
「はい」
「なれど、ゆだんをするなよ」
「心得ております」
 この間、弥七は見張りの場所をはなれ、田沼屋敷を出て来た三冬と連絡をとっている。
 神田橋門外で三冬と会い、駆けもどって来た弥七の報告をきいた小兵衛が、
「では、田沼様は浜町の中屋敷へ移られるというのだな」
「さようで」
「なるほど、それでよし。三冬どのには、根岸の家へ帰って首尾を待つようにつたえてくれたろうな?」
「おっしゃるまでもございません」

「それでよし、よし」
「先生。門跡前で冷えた瓜を買ってまいりました。めしあがりますか？」
「おお、何よりの馳走だ。切ってくれ」
「かしこまりました」

それから一刻（二時間）ほどして、五人の影が、一橋家の控屋敷からあらわれたのであった。

「出て来た、あの中に、うまく平助がいればよいが……」

五人は、控屋敷の南面の、新堀川の水が大きな池のようにたまりこんでいる場所へ入って行った。

そこは、池の中の小島のような場所で、いちめんの雑木林であった。

ここへ入りこむ前に、五人のうちの二人が、手にもっていた提灯のあかりを吹き消した。

そのとき、五人のうちの一人が、

「な、なにをする……」

叫びかけて、声が跡切れた。

その男は、飯田平助である。

つまり、平助を取り囲んだ四人の侍が、小島の雑木林の中へつれこんだのだ。

「さ、早く……」

はがいじめに、平助のくびと口を手に押えた大男の侍がいった。

別のひとりは、横合いから平助の利腕をつかんでいる。

「早く……何をしているのだ」

「よし」

前へまわった一人が大刀を引きぬきざま、平助の腹を突き刺そうとした。

そのとき、木立の陰から闇を切り裂き疾ってきた石塊が、こやつの顔へ命中したものだ。

「ぎゃっ……」

大刀を放り落し、そやつが顔を手でおおってよろめいた。

「ど、どうしたのだ、大沢」

「な、なんだ？」

三人の侍が、くちぐちにいった。

その隙に、飯田平助は大男の腕をふりもぎり、必死に逃げた。

「あっ、いかぬ」

「追え、早く……」

「どっちだ？」

「こっちだ」

新堀川の、たまり池の方へ逃げて行く平助を、四人が抜刀して追わんとした、その前へ、地の底からにじみ出したかのように、小さな影が浮いて出た。

「あっ……」

暗闇なので、その小男の体へもろにぶつかった侍の一人が、叫び声を発し、くずおれるように倒れ伏した。

「ど、どうした、山田」

「あ、こやつ、何者だ？」

残る三人が、ようやくに、立ちはだかっている小男に気づき、

「油断するな」

「かまわぬ、斬れ、斬れ」

「よし。拙者が飯田を追う」

「よし、行け」

「応」

一人が身をひるがえして走り出したが、小男すこしもかまわず、残る二人が突きつけている刀の切先の前へ、

「ふん……そんなのじゃあ、斬れまいよ」

すーっと、顔をさし寄せたものだ。

秋山小兵衛ならではのふるまいである。

「こやつ……」

二人とも、この大胆きわまる相手の出方にびっくりして、同時に大刀を振りかぶった、そのふところへ、小兵衛がぱっと飛びこんだ。

腰に帯した脇差(わきざし)の柄(つか)へも手をかけぬ小兵衛が、

「それ……」

突きこんだ拳(こぶし)にひ腹を強撃された一人が、がっくりと両ひざをつき、そのまま横倒しに悶絶(もんぜつ)した。

残る一人、こやつは何が何だかわからぬ奇襲の恐ろしさに五体がすくみあがってしまい、

「あ……わ、わわ……」

めったやたらに刀を振りまわし、木の幹から幹の間を縫って後退するうち、足を木の根にとられてよろめき、

「わあ……」

まだ何をされたわけでもないのに悲鳴をあげ、後も見ずに、控屋敷の方へ逃げて行った。

秋山小兵衛は、まだ息を吹き返さぬ二人の侍を其処に打ち捨てておいて、雑木林をぬけ、たまり池の淵まで出た。

そこに、飯田平助を追って行った一人が、気絶して倒れていた。

淵の道をまわり、たまり池の向う岸へ出た小兵衛を、大治郎と弥七が待っていた。

いや、もう一人いた。

ずぶぬれの飯田平助が、ぐったりと弥七の背中にいた。

「平助は大丈夫かえ?」

「父上。池から這いあがって来たところへ当身をくわせ、気絶させておきました」

「それがよい。さ、早く行こう。一橋のやつども、今度は多勢で追いかけて来るかも知れぬ。しかし、何事も大仰にせぬようにとの、田沼様の御意向だから、なるべく相手にはならず、急いで引きあげようわえ」

と、小兵衛が先に立ち、入谷田圃の細道を、まるで白昼の光の下に歩いているような足どりで、西へ西へと引きあげて行ったのである。

九

それから、十日ほどすぎた。

その日の午後。

夏の日課のようになってしまった昼寝を、秋山小兵衛はむさぼっていた。

隠宅の裏手の夾竹桃の紅い花がいまをさかりである。

おはるは、昼飯をすますと、また野菜をとりに関屋村の父親のところへ出かけた。

小兵衛は、縁側へ蒲筵を敷き、そこへ小さな体をゆったりと横たえていた。

大川を通る船の櫓音が、風にのって何やら物憂げにきこえてくる。

裏の、堤の道を近づいて来た数騎の馬蹄の音が、小兵衛の浅いねむりをさました。御苦労なこと（どこぞのさむらいたちが、この暑いのに遠乗りでもしているらしい。

そうおもい、ふたたび、こたえられない昼寝の夢に入って行きかけた小兵衛へ、庭先から、

「佐々木三冬でございます」

と、声がかかった。

「お⋯⋯やあ、これは、暑いのにようまいられた」

身を起した小兵衛は、三冬の背後から、こちらへ近づいて来る小柄な老武士を見出した。

（田沼主殿頭さま⋯⋯？）

まさに、そうであった。

　田沼意次が、三冬のほかに十騎ほどの供をしたがえ、遠乗りのかたちで、小兵衛の家をおとずれたのである。

「秋山小兵衛殿か、田沼主殿頭でござる」

と、意次のほうから声をかけてきた。

「これは、これは……」

　身を起した小兵衛が、

「先ず、おあがりを……」

「いや、この縁先が結構」

　こういって田沼意次は縁側へ、気さくに腰をおろした。騎射笠に馬乗袴、草鞋ばきという遠乗りの装束ゆえ、そのほうが便利にはちがいない。

　供の藩士たちは堤下へ馬をつなぎ、そのあたりに控えているらしい。

「しばらく、お待ちを……」

と、小兵衛が台所から裏手へ出て行った。

　裏の井戸の中へ、笊に入れた白玉が冷やしてあった。

　おはるが、

「お目ざが、井戸に冷やしてありますからね」

と、出がけにいいおいたことばを、おもい出したのである。

もち米の粉をねって、小さくまるめた白玉を皿にとり、熱い煎茶を三人分、盆に乗せて縁側へはこび、白砂糖をたっぷりふりかけたのと、

「さて、このようなものが御老中のお口に合いますかどうか……」

小兵衛がいうや、田沼意次は莞爾となって、

「久しく口にせぬが、白玉は大好物。むかしむかし、母がよう、こしらえて下されたものじゃ」

「それは、うれしいことで……」

「む。うまい。よう冷えています」

「おそれいります」

「さて、秋山先生」

「はい？」

白玉を食べ、茶をのみ、意次と小兵衛と三冬が、なごやかな視線をかわし合った。

「御礼が申しおくれた。先日のことども、おろそかにはおもわぬ。かたじけない」

「いや、なに……それで、飯田平助は、いかが相なりましたか？」

あの夜。気絶をした平助を、秋山父子は神田橋門内の田沼屋敷へもどしてやった。

急病で苦しんでいるのを見かけて介抱をし、名と身分をききとった上で、

「こちらへ、おとどけにまいった」

と、小兵衛が田沼邸の門番にいい、大治郎をうながし、さっさと引きあげて来たのである。

屋敷の人びとは、平助をうたがわなかった。

したがって平助は翌日から、勤務につくことを得た。

田沼意次は、三日後に、病気全快の届けを幕府へ出し、神田橋門内の本邸へもどって来た。

意次は本邸へ帰っても、別に、平助を呼びつけて、詰問をすることさえしなかったという。

飯田平助が自殺をとげたのは、実に、その日の夜ふけであった。

「では、平助を以前のままにおつかいなされるおつもりでございましたか？」

「さよう」

「ふうむ……」

と、さすがの小兵衛も意次の度量のひろさには、おどろきと共に、

「あれほどまでのお人とは、おもわなかった……」

のちに、大治郎へ語った。

平助は、首を吊って自殺したのだという。

妻の米も、子の粂太郎も、なんで平助が自殺したのか、すこしもわからぬらしい。

「いや、秋山先生。三冬にも申したことだが、これより先、もしもわしが、毒殺されるようなことあっては、先生と三冬の、こたびのはたらきに対して申しわけのないことになる」

「さようでござりますとも」

「それにしても父上……」

と、三冬が、

「これはやはり、一橋家が、父上を暗殺せんとしていたのでございましょうか？」

「さて……」

「なれど平助は、一橋家の控屋敷の者どもと、ひそかに連絡をつけておりましたこと、明白です」

「いかさま、な」

「では、父上……」

「まあ、待て、三冬」

と、田沼意次は、小兵衛がいれ替えた茶を一口すすってから、こういった。

「一橋は、上様（将軍）御血すじの御家柄じゃ。それが、上様をおたすけして天下の

政事をとりおこなう老中のわしを、ひそかに毒殺せんとした、などということが、表向きにされようか。わしは何事にも争い事を避けて通りたい。通れるものならばじゃが……飯田平助は、一橋家からわしのもとへ移ってまいった男ゆえ、そのときから一橋家のたれかが、わしのいのちをねろうていた、と、いえぬこともない。わしはな、亡き弟の意誠が一橋の家老をつとめていたこともあり、老中職となってからは、いろいろと面倒を見てまいった。つもりじゃ。つもりじゃが、しかし、他方かこれを見るときは、わしが上様の御威光を借りて一橋をおもいのままにあやつろうとしているように、見えるやも知れぬな。これは、わしの不徳のいたすところといってよい」

「何故か、さびしげな微笑が、意次の口辺にただよい。

「こたび、弟の子の意致を一橋の家老に入れるつもりじゃが……可愛い甥の立身を考えてやったまでのこと。それに……それに、秋山先生とてもとても他意はない。

「はい」

「政事をいたす者にとって、天下の権勢というものは、たまらぬほど、こころをひきつける不思議なちからをもっているもので、な」

「さもありましょう」

まことに、率直きわまる田沼意次の声であった。

「じゃからと申して、わしは何も、日の本の天下を、わがものにしようなどとおもうているわけではない。つまりこれは、金を貯めはじめると際限もなく貯めこみたくなるのと同様で……政事をおもうさま仕てのけるためには、わが権勢をひろげ、ふくらませて行くことよりほかに道はないのじゃ」

「おそれながら……」

小兵衛がずばりと、

「一橋家の御当主、徳川治済公は、気がまえの強い御方だと、もれうけたまわっておりますが……」

「さようさ……」

意次は、だまった。

一橋治済は、八代将軍・吉宗の孫にあたる。

十四年前の明和元年（一七六四年）に、従三位左近衛権中将の官位を得て、一橋家をつぎ当主となった。

治済夫人は、京極宮公仁親王の女であった。

一橋家の主となってから、治済は、幕府が事毎に一橋家の家政へ介入するしきたりを不快におもい、幕府閣僚とのもめごとがいろいろと起った。

しかし、田沼意次が老中となってからは、現将軍との呼吸がぴたりと合い、しかも

老練円滑に事をはこぶものだから、一橋治済も反抗する隙を見出せなくなり、ここ数年は、むしろ田沼老中へ接近し、一見は、親密な関係をたもちつづけているかのように見える。

しかし、それだけに、一橋治済の腹中に内攻しているものが大きく激しいのではないか……。

秋山小兵衛は、そのことを、田沼意次にほのめかしてみたのである。

果して、意次はこたえなかった。

空を見上げ、沈黙している意次の老顔は、無表情なものであったけれども、するどい小兵衛の眼には、

（御老中も、一橋公には、あぐねきっておられるような……）

そう感じられた。

やがて……。

田沼主殿頭意次は、小兵衛の隠宅を去った。

去るにあたって意次は、今度の事件の御礼として、秋山小兵衛へ、金五十両を贈った。

佐々木三冬が、小判五十両の包みをのせた三方を、小兵衛の前へさし出したのである。

「なにとぞ、おうけとり下され」
と、田沼意次が、かるくあたまを下げた。
まことに自然な態度であったし、小兵衛もまた、いささかも悪びれることなく素直に、
「これはこれは何よりのものを……ありがたく頂戴いたします」
これを受けたのであった。
日暮れになって、おはるがもどって来たとき、小兵衛は風呂の釜へ薪をくべていた。
「あれまあ、わたしがやるのに……」
「ま、よいさ。ところでおはる」
「あい、あい」
「床の間に、金五十両をのせた三方があったろう」
「あれまあ。ほんとかね、先生」
「ちょいと、あるお人からもらってな」
「よかったねえ、先生」
「わしが今夜は台所をしてやる。その間にお前、御苦労じゃが舟を出して、五十両のうちの十両……いや、十五両を、せがれのところへとどけてやってくれよ」
「あい、あい」

「わしがやる小づかいだ、と、そういっておけ」
「わかっていますよう」
「帰って来てから、いっしょに風呂へ入ろうかえ」
「うれしい……」
「背中をながしてやろう、久しぶりでな」
「ううん、背中だけじゃあいやですよう」
「よしよし。みんな、みんな、洗ってやるぞ」
「あい、あい」

 縁先の植込みに咲き盛っている松葉牡丹の花の色も、夕闇に溶けこんでしまっていた。

解説

常盤新平

『剣客商売』は池波先生のほかの作品と同じく、読みはじめたら、途中で、つまり二冊とか三冊とかでやめるわけにいかなくなる。最新作『暗殺者』までの十四冊をそれこそ一気に読みとおしてしまうだろう。老剣客・秋山小兵衛が住む小さな世界はじつに魅力的で、第一話の「女武芸者」から私たちを引きこみ、つぎの「剣の誓約」に期待させ、第二話を読めば、第三話の「芸者変転」が読みたくなる。

『剣客商売』の連載は「小説新潮」で昭和四十七年の一月号からはじまった。そのときからの、私は愛読者である。そのころすでに、『鬼平犯科帳』が大好評だったし、この年には『剣客商売』より二月ほどおくれて、これまた評判の『仕掛人・藤枝梅安』の雑誌連載を先生ははじめられている。

『剣客商売』はその第一回から「小説新潮」に昭和四十九年十二月号まで三年にわたり毎号掲載された。(昭和五十年以降は断続的に掲載されていて、『春の嵐』と『暗殺者』はともに長編である)これはもう素晴らしい筆力であるが、先生ご自身も秋山小

『剣客商売』は、安永六年の暮からはじまっている。剣と人生の達人ともいうべき秋山小兵衛はときに五十九歳であるが、「女武芸者」の事件は年を越してしまうのだから、「この世の中の裏も表もわきまえつくした」小兵衛が六十歳になったときに、物語がはじまったといってもいい。このころ、小兵衛の息子で、道場をかまえても弟子が一人もいない、毎日、根深汁ばかり食べている大治郎は二十五歳。

大治郎は、父親とは対照的な剣客である。父・小兵衛は融通無礙で、「汗の出し入れなど、わけもないこと」だし、孫のような若いおはるを得て、気楽な隠居暮しなのだが、息子から「父上も物好きな……」とひやかされると、「六十になったいま、若い女房にかしずかれて、のんびりと日を送る……じゃが、男というやつ、それだけでもすまぬものじゃ。退屈でなあ、女も……」という感慨を洩らすのである。

大治郎はそういう父の小兵衛を尊敬し理解しながら、父の「風雅な」老後の生活にとまどっているところもある。普通の父親と息子の関係とは正反対なので、そこにな

兵衛や彼の若い妻のおはる、息子の大治郎、そして女武芸者の佐々木三冬などを書くのを十分に楽しまれたのではないかと思われる。その楽しい感じが私のような読者にもそのまま伝わってくる。そういう小説のシリーズの解説を書いたりすると、読者の楽しみを奪ってしまうのではないかと私はいま心配している。だから、私は一読者として気がついたことをいくつか書きとめるにとどめたい。

んともいえない可笑しさが生れてくる。なにしろ、若いおはるは小兵衛より四十も年下のまだ二十歳だから、大治郎よりも若い。おはるは大治郎を「若先生」と呼び、大治郎はおはるを「母上」と呼んでいる。

四年間、遠国をまわって、剣の修行を積んできた息子・大治郎に小兵衛は告白する。

「下女のおはる、な……。あれに手をつけてしまった。いわぬでもよいことだが、お前に内密もいかぬ。ふくんでおいてくれ」

「天狗」のような、そしておはるの父親、百姓の岩五郎が「あんな小っぽけな爺さんの剣術つかい」という秋山小兵衛が「おはるの搗きたての餅のような肌身を弄ばなすつもり」がなくなったのは、これも大治郎に語ったことであるが、「このごろのおれは剣術より女のほうが好きに」なったからである。そして、「あるとき、翕然として女体を好むようになって」、お前が旅へ出たのち、四谷の道場をたたんで剣術をやめたことは、やはりよかった」と小兵衛に言われても、その「女体」に二十五歳の今日まで一度も接したことがない大治郎には理解できることではなかった。

そうではあるが、小兵衛は自分自身を厳しくみつめる老人でもある。『剣客商売』を読みすすめば、わかることであるが、この老剣客は彼自身をからかうような言葉をしばしば口にしている。ほんとうに、食えない爺さんなのである。秋山小兵衛のような剣客が出現したのも、将軍徳川家治から深い寵愛をうけている老中田沼意次の時代

『剣客商売』の作者は、田沼時代をかならずしもそうはみていない。

『剣客商売』のなかでは凜々しいヒロインの佐々木三冬は田沼老中の妾腹の娘で、それ故に父親を敵視し、「父が、もっと別のお人でしたら」と小兵衛に打明けている。彼女が主役をつとめる「その日の三冬」（『剣客商売　勝負』所収）は『剣客商売』シリーズのなかでもベストの一編である。

「三冬は、女武芸者である。

髪は若衆髷にぬれぬれとゆいあげ、黒縮緬の羽織へ四ツ目結の紋をつけ、細身の大小を腰に横たえ、素足に絹緒の草履といういでたちであった。

さわやかな五体のうごきは、どう見ても男のものといってよいが、それでいて、

『えもいわれぬ……』

優美さがにおいたつのは、やはり、三冬が十九の処女だからであろう。

濃い眉をあげ、切長の眼をぴたりと正面に据え、颯爽と歩む佐々木三冬を、道行く人びとは振り返って見ずにはいられない。この

田沼意次の時代は、俗にいえば、金権政治である。しかし、三冬の姿が眼の前に浮んでくるではないか。この「男女のことについてはまったく

少女のごとき三冬」がやがて大治郎の妻になるのである。そのころには、秋山小兵衛に諭されて、父と政治を「汚ならしい」と思っている。そこで、小兵衛は言う。「政事は、汚れの中に真実を見出すものさ」

それでも、三冬にはわからない。剣術がまだ「三冬のいのちです」と言う美少女なのである。

小兵衛と大治郎が対照的であるように、おはると三冬もまたそうである。作者は登場人物をくっきりと描きわけているのだ。『剣客商売』を読んでいて、快さを感じるのは、一つには、そういうところにあるのだろう。

「寝そべっている小兵衛のあたまをひざに乗せ、耳の垢をとってやっている若い女は、この近くの関屋村の百姓・岩五郎の次女でおはるというのだが、おはるのひざに寝そべっている小兵衛を見ると、まるで母親が子供をあやしているかのようであった。（中略）

『若先生が、見えたよ』

と、おはるは、まことにもってぞんざいな口調で、小兵衛へいいかける」

もう、これだけで、小兵衛とおはるの関係がわかってくる。春風駘蕩という感じがして、自然に笑いがこぼれてくる。『鬼平犯科帳』の長谷川平蔵は実在したが、秋山

小兵衛は明らかにフィクションたものである」と「女武芸者」に書いておられるが、『剣客商売』の連載をはじめるとき、主人公である老剣客の名前のことで「頭を抱えてしまった」そうである。『日曜日の万年筆』（新潮文庫）の「名前について」というエッセーで、先生はこのことに触れられている。

「小兵衛の性格については、いろいろなモデルがあるのだけれども、その風貌は旧知の歌舞伎俳優・中村又五郎をモデルにした。すっきりとした顔だちと、小柄で細身の小気味がよい躰をおもい出しているうち、ようやくに〔小兵衛〕という名がついた」

　のちに、その中村又五郎が帝国劇場の『剣客商売』で小兵衛を演じているが、池波先生にとっては、「このときほど作者がうれしかったことはない」

　小兵衛の「いろいろなモデル」の一人は、『日曜日の万年筆』に劣らず素敵なエッセー集『食卓の情景』（新潮文庫）に出ていた。「長唄と芋酒」という一編である。先生がまだ少年のころ、長唄の稽古をしてもらっていた師匠のもとへ、三井清という老人が出入りしていた。株屋の外交さんだという。三井老人は唄もうまいし、三味線も弾いたが、他人の前では決して唄わない。風采はあがらないし、身なりは質素で、深川の清澄町に住み、「まるで娘か孫のような若い細君と暮して」いた。

「小さな家の中に猫が二匹。まるで役所の係長ほどの暮しぶりなのだが、金はうなるほどにあった。」（中略）

三井じいさんと若い細君の暮しぶりは、……〔剣客商売〕の主人公で老剣客の秋山小兵衛と若いおはるの生活に、知らず知らず浮出てしまったようである」

秋山小兵衛、大治郎、おはる、佐々木三冬にしか触れていないが、『剣客商売』には、彼らをたすける江戸の市民たちが多数登場してくる。しかも、『剣客商売』の登場人物たちは一編一編において、季節や歳月を感じさせる。いま、小兵衛は六十歳だが、小兵衛は老いてゆく。大治郎は父を見て、成長してゆく。

九十歳まで生きるのである。

若き日の秋山小兵衛については、上中下三冊の『黒白』で知ることができる。これは傑作である。けれども、『黒白』からは、おはるは想像できないだろう。ただ、「剣客というものは、好むと好まざるとにかかわらず、勝ち残り生き残るたびに、人のうらみを背負わねばならぬ」という小兵衛の覚悟と私は変っていない。

はじめに、秋山小兵衛が住む小さな世界と私は紹介した。それは、作者が『剣客商売』で、小兵衛を中心に一つのコミュニティ（共同体）を創りだしているということである。小兵衛とその周囲の人たちを秋山一家と呼びたくなるような、まことにイン

チメート（水いらず）な世界である。

（昭和六十年二月、作家）

この作品は昭和四十八年一月新潮社より刊行された。

池波正太郎記念文庫のご案内

　上野・浅草を故郷とし、江戸の下町を舞台にした多くの作品を執筆した池波正太郎。その世界を広く紹介するため、池波正太郎記念文庫は、東京都台東区の下町にある区立中央図書館に併設した文学館として2001年9月に開館しました。池波家から寄贈された全著作、蔵書、原稿、絵画、資料などおよそ25000点を所蔵。その一部を常時展示し、書斎を復元したコーナーもあります。また、池波作品以外の時代・歴史小説、歴代の名作10000冊を収集した時代小説コーナーも設け、閲覧も可能です。原稿展、絵画展などの企画展、講演・講座なども定期的に開催され、池波正太郎のエッセンスが詰まったスペースです。

https://library.city.taito.lg.jp/ikenami/

池波正太郎記念文庫 〒111-8621 東京都台東区西浅草3-25-16 台東区生涯学習センター・台東区立中央図書館内 TEL03-5246-5915

開館時間＝月曜～土曜（午前9時～午後8時）、日曜・祝日（午前9時～午後5時）　**休館日**＝毎月第3木曜日（館内整理日・祝日に当たる場合は翌日）、年末年始、特別整理期間　●**入館無料**

交通＝つくばエクスプレス〔浅草駅〕A2番出口から徒歩5分、東京メトロ日比谷線〔入谷駅〕から徒歩8分、銀座線〔田原町駅〕から徒歩12分、都バス・足立梅田町－浅草寿町 亀戸駅前－上野公園 2ルートの〔入谷2丁目〕下車徒歩1分、台東区循環バス南・北めぐりん〔生涯学習センター北〕下車徒歩2分

剣客商売一　剣客商売	
新潮文庫	い-17-1

```
                        平 令
                        成 和
                        十
                        四 六
                        年 年
                        九 十
                        月 一
                        二 月
                        十 三
                        日 十
                        発 日
                        行 三
                          十
                          八
                          刷

著　者　　池　波　正　太　郎
                        いけ  なみ  しょう  た  ろう

発行者　　佐　藤　隆　信

発行所　　会社
          株式　新　潮　社

        郵便番号　一六二―八七一一
        東京都新宿区矢来町七一
        電話　編集部（〇三）三二六六―五四四〇
              読者係（〇三）三二六六―五一一一
        https://www.shinchosha.co.jp

価格はカバーに表示してあります。

乱丁・落丁本は、ご面倒ですが小社読者係宛ご送付
ください。送料小社負担にてお取替えいたします。
```

印刷・株式会社光邦　製本・株式会社植木製本所
© Ayako Ishizuka 1973　Printed in Japan

ISBN978-4-10-115731-3 C0193